U0736320

心香一瓣

XIN XIANG YI BAN

余 骥 著

中国海洋大学出版社

·青岛·

图书在版编目（CIP）数据

心香一瓣 / 余骥著 . -- 青岛：中国海洋大学出版社，2022. 8

ISBN 978-7-5670-3226-2

Ⅰ . ①心… Ⅱ . ①余… Ⅲ . ①散文集－中国－当代 Ⅳ . ① I267. 1

中国版本图书馆 CIP 数据核字（2022）第 143375 号

出版发行	中国海洋大学出版社		
社　　址	青岛市香港东路 23 号	邮政编码	266071
出 版 人	刘文菁		
网　　址	http://pub.ouc.edu.cn		
电子信箱	yyf_press@sina.cn		
订购电话	0532－82032573（传真）		
责任编辑	杨亦飞	电　　话	0532－85902533
印　　制	青岛国彩印刷股份有限公司		
版　　次	2022 年 9 月第 1 版		
印　　次	2022 年 9 月第 1 次印刷		
成品尺寸	170 mm ×230 mm		
印　　张	14		
字　　数	195 千		
印　　数	1 ～ 1 000		
定　　价	50. 00 元		

岁月芬芳的乐音

　　我用心静静地听。那些平静的文字，是心花开放的韵律；岁月的小溪承托着纯净的花瓣，潺湲的溪流越过山野沟壑；芬芳的乐音乘着风的翅膀一路飞翔……

　　芬芳的乐音倾诉着一个为生命而写作的人的坦荡真挚的情怀。作者对生命和生活的爱，流露在所有的文章里，尽管题材和抒写的对象不同。触及我心灵的是那明达浓厚的"情"字，它宛若撒在字里行间的雨露，晶莹、温馨，闪烁着辽阔心田花草妙曼的绚丽。既有温暖晴朗的日子，也有散发着贫穷苦味和寒气袭人、雾霾茫茫的日子，这一切在作者心里不过是飘落的花瓣，简单朴实，呈现凋零之美。它们不能改变作者对生命和生活的热爱，也丝毫不能消解"情"在他心中的浓度！

　　满满的情、真真的情、难能可贵的情，在记忆中温暖岁月，在感恩中沉淀出美好。

　　本书分五个专辑，每个专辑都展示着作者在不同阶段的心路历程。

　　请读读第一辑吧，这一辑叙述了作者记忆中的大学生活，同学之情溢满当年的山东纺织工学院。三十九年前，一个叫余骥的青年期待已久的大学之旅在火车的"咣当"声中启程。那时普通客车开得很慢，它要"咣当"多久，才能跨越千里山河把余骥从福建省三明市送到山东省的青岛市呢？余骥以平实明朗的语言，真实记录了当时的火车客运状况："那个年代的火车总是特别拥挤，椅子下躺满了人，卫生间、过道、车厢连接处更是挤满了人，春运期间，能挤上火车就算幸运的了。"他记录了几次挤上火车的幸运场面："记得大一寒假结束时，永怀同学在起点站上车，火车驶到三明站停靠时，他便把车窗打开，我在送行同学的帮助下，从车窗爬了进去。回想当年的'绿色通道'，浓浓的同学情谊便铺满心田。"大一暑假返程，他好不容易挤上车，"昏昏沉沉地或站或蹲。清晨时分，当火车运行到一个弯道处，洗脸池中的污水顺着火车的惯性把我俩浇醒，窘迫中，我俩惊喜地发现车厢内有空座位了"。大二寒假归途，他挤上火车，"疲惫的我们竟不知啥时坐在地板上睡着了，冻醒时才发现：地板上结成冰块的积水已将裤子冻在了一起……"余骥对这些让人无奈的苦处，没有半句怨言，他好像站在一个超越了时代的高度，享受着心仪的乐趣。他的感悟是"奔波的旅程就像是流动的舞台，车厢内充满了人间烟火……有苦有乐，有酸有甜。它的精彩在于不经意间，你便能感受到世间的温情"。

感恩的余骥，绵绵情思拓展着他心灵视域的俯角。他用不变的恒爱接纳无常的变化，苦难与不幸不过是生命中寻常生活诗意的存在。余骥深情解读了诗意存在的不同表现："辛弃疾的一生是悲壮的，也是孤独的，孤独者的剑胆琴心，正是辛弃疾的灵魂之锚，也是诗人留给后世的精神净土。""一个人，无论是贫穷还是富有，在精神层面是平等的。简·爱在花园里和罗彻斯特讲的那段话，在当今社会仍有教育意义。在欲望充斥的时代里，又有多少人会像简·爱那样，为了追求平等的精神生活而放弃一切，崇尚独立的人格魅力，维护自由、有尊严的爱情。"他个人则如《秋叶》所写："生命终将回归本源，生活也不是诗和远方，而是从容和坦然。"从容和坦然，有如大雨初霁的树木，吮吸天风，从不抱怨电闪雷鸣。他陪老父亲重返故里，那是"父母下放偏僻的乡村"，他没有任何不满之意，而是兴致勃勃地写儿时场景的变化；看不出他对遭逢难关的悲愤，有的是他内心和外在情感呼应的美好。

1993 年 5 月，山东纺织工学院与原青岛大学、青岛医学院、青岛师专合并组建为新的青岛大学。纺院易名，不复存在，时过境迁，人物变换，谁还在思念老校门？余骥！他重笔抒写老校门里丰盈的大学生活："如今老校门已不复存在，可我仍相信它只是'小扣柴扉久不开'，它一直存留在我的心里。"这是怎样的思念啊，让他铭刻在心，永志不忘！

我没教过余骥。他的同学李晓池邀我为他的《心香一瓣》写序，我这才知道余骥和同窗情同手足。他不仅人品好，歌声也好；他的抒情词汇带着音乐的响亮。文章里他对亲人的怀念不是悲恸哀叹的，而是温柔、绵长的，如歌声般流淌。他失去了人称"小茉莉"的爱妻；他说他"喜欢茉莉花亦源于此。'小茉莉'端庄贤淑，内敛、不张扬，她的安宁与恬淡，一如珠圆温润的茉莉花，没有矫揉之态，亦无造作之情。哦，要我再说什么呢？还是唱起来吧！'好一朵茉莉花，好一朵茉莉花，满园的花开赛不过她……'也不知天堂中的'小茉莉'能否听到，我想她是能够听到的"。在《梁祝》里，他写道："生则长相守，逝则长相忆……音符里有我想要说的话；旋律中有我的情感寄托。"他甚至说（我似乎听到他是在吟唱）："恋远去的时光，念过往的美好，山水之情，羽化之梦，藏在了我的心间。"

随着赏析，余骥不再是陌生的名字，他像我所有的学生一样，熟悉又亲切。

余骥，祝福你！

金翠华

2022 年 6 月 29 日

于青岛大学

目 录
CONTENTS

第三篇　沙溪春色

第一篇　悠悠我心

如歌的行板

裕飞同学如今是职业技术学院业余合唱队的成员，还兼任合唱队秘书长一职。平日，他总是歌声不断。他告诉我，无论多忙，每年他都坚持听维也纳新年音乐会。

裕飞的音域在中音附近，较为醇厚，就如同弦乐的中提琴，承上启下，至关重要。大学期间，我有一盘巴赫康塔塔的磁带，他甚为喜欢，或许从那时起，他就迷上了合唱。

不久前，听演员肖雄诵读王蒙的散文《行板如歌》，我的眼眶不由得有些湿润。同裕飞的感受一样，音乐对我而言，也是最美好的记忆。在不同的年龄阶段，曾经为之心动的歌曲、曾经对音乐的感知，始终萦绕在我的脑海里。

少年时期，我参加了学校的合唱队，尤其喜欢《闪闪的红星》中的和声部分，"长夜里，红星闪闪驱黑暗，寒冬里，红星闪闪迎春来……"合唱声很纯净，多声部很有张力。

中学时代，"破四旧"的电影纷纷被解禁，许多插曲广为传唱。《五朵金花》中浪漫的情歌，让青涩的岁月有了萌动的心弦；《冰山上的来客》那忧郁的旋律，充满喃喃自语的伤感，深深地打动了我。

不久之后，校园广播里竟有了夏威夷吉他演奏的轻音乐，那特有的滑音、颤音，让人如痴如醉。再后来，邓丽君那点点柔情、丝丝眷恋、缱绻缠绵的"靡靡之音"，那摄人心魄的甜美，我至今难以忘怀。

那时广播电台的《每周一歌》《听众点播》是我最喜欢的栏目。《马铃儿响来玉鸟唱》《祝酒歌》《我爱你，中国》《我们的生活充满阳光》《美丽的心灵》等歌曲，我百听不厌。那个年代的精神文化生活远不如现在丰富多彩，但这些积极进取、乐观向上的经典歌曲滋润着我们的心灵。那是一个有理想、有情怀的年代，充满着生机与活力。胡松华、李光羲、叶佩英、于淑珍、朱逢博等歌唱家的歌声打动了整整一代人。

"中央人民广播电台，现在是外国音乐节目。"这是我最为怀念的声音。感恩那个年代，让我能够用心灵去体验音乐带来的感动与共鸣。大学时在青岛中山路外文书店购买的《外国音乐名曲词典》《世界名曲欣赏》，现已成为书籍收藏的珍品。

记得第一次听《如歌的行板》，是在发小的家中。那是一张黑胶唱片，套袋上用钢笔标注"柴可夫斯基D大调弦乐四重奏"。那缓缓、轻柔的旋律，似在诉说、似在叹息，婉转凄美的琴声极具感染力，催人泪下。

工作之余，我常播放老柴的这支曲子。聆听此曲，我总能够为之动容，能够感悟生命中的悲怆与不屈，能够触碰到作者内心的那一份真挚的爱。正如王蒙先生所言，"如果夜阑人静，你谛听了柴可夫斯基的《如歌的行板》，你也许能够再次落下你青年时代落过的泪水……"

美好的音乐总能与你在灵魂深处真情相约。

海泊河公园

　　我的母校位于当时的青岛四方区，学校附近有一处园林，叫海泊河公园。老纺院校园不大，少了些休闲散步的场所，海泊河公园便成了母校的后花园。在我的心中，海泊河公园就跟自己的家乡一样，每一处都留着美好的记忆，每个角落都印有我的足迹。

　　早春的海泊河残冰消融，树枝还未吐出新绿，公园尽显素颜之容，犹如一位清丽的女子，不施粉黛，端庄自然。这里的一草一木、一石一水，都透着一份素雅。

　　走进园内，随处可见淘气的男孩滚着铁圈、打着陀螺、弹着玻璃球；嬉笑的女孩则玩着纱布袋、跳着橡皮筋。初春的公园开始变得热闹起来。

　　每逢槐花盛开的季节，公园便散发着槐花的幽香。一阵轻风掠过，树上的槐花纷纷飘洒，散落于林荫草地。微风清徐，槐花漫天飞舞，唯美的瞬间便定格于心头。

　　公园内还有一片茂密的白杨树，偶见蜻蜓立于树梢，我便悄悄地靠近，迅速捏住蜻蜓的翅膀，只一松手，它便飞得更高。此刻，我的身心仿佛也随着蜻蜓自由飞翔。

　　仲夏时节，缠绵悦耳的蝉鸣，悠悠的、切切的，绵绵不绝。虽称其为蝉噪，却实为大自然的天籁之音，正所谓"蝉噪林愈静，鸟鸣山更幽"。

　　在蝉声中读书别有趣味。蝉韵相随，蝉鸣相陪，读着宋人诗句"若无闲事挂心头，便是人间好时节"，我的心中自有一番快意。蝉鸣之乐，便是读书之趣。

　　伴随着蝉声，你还能听见老人围坐在石桌旁打"够级"的热闹声，听见孩子荡秋千、溜滑梯的喊叫声，蝉声、人声汇成夏日里和谐动听的交响乐。常言道："人之一夏，蝉之一生。"现在想来，蝉声便是禅声。

秋天的海泊河似一位柔情浪漫的女子，知性而富有诗意。法国梧桐在夕阳的映照下金黄一片，落叶的美恰在当季。风中摇曳的叶片，如彩蝶般纷纷飘飞，层层叠叠的落叶，美得惊艳。

若是秋雨来临，公园朦胧一色，拱桥的轮廓模糊了，人声停了，鸟语息了，只有雨丝细细密密、轻轻扬扬。这轻扬淅沥，便是"梧桐更兼细雨，到黄昏、点点滴滴"。

每当秋风渐起、草木纷飞之时，我总能想起顾城的《门前》："草在结它的种子，风在摇它的叶子，我们站着，不说话，就十分美好……"

不久前，晓峰同学路过母校时在朋友圈发了一张截图。老纺院已不复存在，所幸，海泊河公园依旧，体育场依旧，小学依旧。

翻晒旧日时光，心如阳光般灿烂。

火 车

　　小时候，我特别喜欢乘火车。每次回老家，我总是希望火车永远在路上。望着窗外的蓝天、白云，我在心中总有许多的幻想。渴望远游，渴望将流动的风景装入行囊，于我而言，或许是与生俱来的。

　　当我第一次独行、当期待已久的大学之旅在火车的"咣当"声中开启时，送行的父母的身影从我的眼前缓缓掠过，我的心空落落的。随着火车跨越万水千山，我望着窗外的北方秋色，望着广袤无垠的苍凉原野，心中有一丝淡淡的惆怅，乡愁之情油然而生。

　　四年的求学之路，我成了故乡的匆匆过客，成了远方的归来之人。车轮的"咣当"之声于我而言，是离家的不舍，是回家的喜悦，是绵绵的乡情。

　　那个年代的火车总是特别拥挤，椅子下躺满了人，卫生间、过道、车厢连接处更是挤满了人，春运期间，能挤上火车就算幸运的了。记得大一寒假结束时，永怀同学在起点站上车，火车驶到三明站停靠时，他便把车窗打开，我在送行同学的帮助下，从车窗爬了进去。回想当年的"绿色通道"，浓浓的同学情谊便铺满心田。

　　大一暑假返程时，我和永怀在上海闸北车站签证转车。我俩多次混入候车室，却总被查票的工作人员撵出来，最后只好铺着报纸，睡在站前广场。好不容易上车了，我俩也只能挤在车厢连接处，昏昏沉沉地或站或蹲。清晨时分，当火车运行到一个弯道处，洗脸池中的污水顺着火车的惯性把我俩浇醒，窘迫中，我俩惊喜地发现车厢内有空座位了。

　　大二的寒假归途，我和裕飞从南京西站签往三明站，因签证已满，只好转道安徽屯溪。当我俩挤上车之后，只见一群迟来之人硬是将一哥们抬着塞进车门。这位"可爱"的人就这样在大家的肩上待了好长一段时间才落地。疲惫的我们竟不知啥时坐在地板上睡着了，冻醒时才发现，地板上结成冰块的积水已将裤子冻在了一起……

这便是当年的"人在囧途"。

奔波的旅程就像是流动的舞台，车厢内充满了人间烟火。打牌的、聊天的、吃零食的，各种睡姿，各类坐姿；烟、酒、花生、瓜子等的气味，夹杂着各地的方言，演绎着旅途中的人生插曲，有苦有乐，有酸有甜。它的精彩在于不经意间，你便能感受到世间的温情。

有一次，我站着和一位打着赤膊、摇着蒲扇的大伯聊天。他很羡慕我的大学生活，说小时候他家里穷，只能供弟弟读书。当看到我困顿的倦容，他便起身让我坐一会儿。那一天，我俩之间有了默契，每隔一阵就轮换一次，大伯的音容笑貌，我这辈子都难以忘却。

那个年代的火车虽然很慢、很挤，旅途很艰辛，却记录着一份独有的情感。

如今，每逢出差或旅行，我仍喜欢乘坐火车出行，容膝之地的卧铺便是放松心情的空间。静坐一隅，我依然喜欢看着窗外的风景，四周的喧嚣声似乎与我无关，更不想参与打牌等劳神之事。

临窗而坐，我看着火车在崇山峻岭间蜿蜒穿行，望着远方的绵延群山，每一幅画面都和着记忆的流年、和着心灵的感悟。

人生就如同旅途。这一程，会经历许多的事，会遇到许多的人。遇见了，就是缘分。有的人会中途下车，有的人会与你一路相伴，分别时，互相说一声"再见"，道一声"珍重"。

其实，大学生活又何尝不是如此，大家在一起笑过、闹过、哭过。如今虽然青丝难存两鬓霜，但至纯至真之情依旧，那是万年修来的缘分，才有了今生四年的同窗之情。

人生就是一列行驶的火车，窗外风景不停地变化。敞开自己的心窗，学会欣赏人生的美景，你会惊喜于曾经的感动；打开心窗，你或许能参悟人生，或许能释然，或许能感受到鸟语花香。

老校门

阿辛同学在"窝窝"里发了一张老校门的照片,这可是我们母校的标志性建筑,弥足珍贵。母校朴实无华,没有林荫小道,没有校园湖畔,大家总是选择在校门口舒同书写的"山东纺织工学院"的门牌下合影留念。当年相机的"咔嚓"声,定格了许多的美好瞬间和青春岁月。

人的一生要走过许多的门,家门、校门、社会之门、心中之门。在我的心里,老校门就是情感之门、温馨之门。她承载着莘莘学子的心灵寄托与思念之情。

我的童年曾有一段时光是在农村度过的,父母被"下放"的小山村很偏远。每天放学后,我就和村里的小伙伴尽情地玩耍。农忙时节,我会帮着大人干些小农活,累了,就坐在田间地头看着大山里的景色,望着天空中飞翔的鸟儿,憧憬着山外的世界。

那个年代,家家户户的门都是敞开的。小伙伴嬉戏打闹,如入无人之境;大人则于闲暇时串串门,同邻里喝喝茶、聊聊天,心中之门也是敞开的。

父亲曾经告诉我:"福建人是闽人,门外的世界很精彩,你一定要走出去。"多年以后,我终于登上了火车,去追逐我的梦想。

二十年前,我带着女儿到大连度假。中途转道青岛时,我让出租车司机沿着抚顺路绕了一圈。路过老校门时,我指着校门告诉她:"那就是我当年的温馨之门。"女儿不解地问道:"你不是常说,家里的门才是温馨之门吗?"我笑道:"这里也曾是我的家。"

"男儿出门志,不独为谋身"表达了古人出门之情怀。俗话说,门外世界门里家。当我怀揣梦想，跨入老校门，便是走进了母校的家。每当历经艰辛返回校园，过了这道门，便是温暖的"窝窝"了。门内的色调虽然单一，却充满着活力。在这里，尽管总是重复着不变的节奏，它却是每个学生心中梦想实现的地方。

走进老校门，我便开启了心中之门，能感受到同学的坦诚，乡愁立马就被真诚与热情所消融。难忘与惠华同学挤一个被窝，难忘山东同学将舒适的上铺让给了三位福建人。四年同窗的心碰撞在一起，燃起了真情的火花，至今温暖心田。

老校门是我的精神家园，门内有着太多的回忆，那是张扬青春、放飞梦想的地方，那是一抹眷恋的情怀。它如同故乡的一山一水、一草一木，深深地印在我的脑海里。

还记得宿舍里的欢声笑语，也记得体育场上挥洒的汗水；还记得食堂飘来的老味道，也记得那张蓝色的粗粮票；还记得亲手锻造的锤子，也记得通宵绘制的图纸……

老校门见证了我们的成长与岁月的变迁，大家有收获、有向往、有伤感，更有留恋。如今老校门已不复存在，可我仍相信它只是"小扣柴扉久不开"，它一直存留在我的心里。

漫话青岛

经常有朋友问我，到青岛游玩如何做攻略。我总是漫不经心地答："来到青岛，你什么也不用想，你的度假方式就是'虚度'光阴。上午睡到自然醒，下午的时间则交给阳光、沙滩和浪花，到了傍晚，你可以兑着海风喝（哈）啤酒、吃蛤蜊（嘎啦）。"

你无须为行程费神，溜达到哪儿算哪儿。如果遇到一幢红瓦房，径直走入，坐在椅子上，你可以尽情地发呆，历史的积淀让这里有着轻灵的气质和浪漫的情调。依山傍海的地形，坡上坡下、弯弯曲曲的街道，让人们更钟情于行走。红瓦绿树间、林荫小道间，那些相拥入怀的情人，似乎永远处于热恋之中。恋爱的魅力在于情侣相约，到清新静谧之地感受幽会之惬意，来青岛再合适不过了。

青岛素有"休闲之都"之称。康有为说："青岛之行我们不爬崂山，也不观海，却非常想行走在青岛的特色建筑之间。"晚年的康有为在青岛安家落户，过着悠闲惬意的生活。由此，不少达官贵人接踵而至，很多功成名就的人也退隐于此，当然，来此幽会者也不在少数。那个年代，很多人不是为了到此挣钞票，而是有了钞票才到青岛。

地处黄海之滨的青岛，早在一百多年前，就在中西贸易的通商中脱颖而出，从一个小渔村蜕变成一座充满欧陆风情的城市。它的气质源于其独有的历史纹理脉络。

德国占领青岛时期，西方建筑文化对青岛的影响很大。这让青岛的街巷、建筑形成了不同于其他城市的风格。这座城市的气质，不仅在于它旖旎的自然风光，更在于它那厚重的人文风貌，以及沉淀于生活中的市民性格。它有底蕴、有个性，充满着小资风情，又带点沧桑过后的沉稳。

虽说齐鲁大地的儒家文化早已融入青岛的气质之中，但青岛与齐鲁之间似乎又有一种很玄的关系。青岛虽然归属齐鲁之地，但又好似游离于齐鲁之外。青岛的气质在于其如影随形的儒雅韵味，同时，浸润着国际化的活力细胞，这恰恰是青岛人引以为豪之处。

文化的融合润物细无声，往往需要相当长的一段时间。城市的发展也应做到循序渐进，这种度的把握对于保持青岛独有的气质至关重要。

网络上常常有人说青岛的城市应如何做大，规划的版本也有很多。对此，我却不以为然。城市的气质是决定其发展走向的内在因素，规划的可持续应该是这座"东方瑞士"之城永恒的主题。贝聿铭曾感慨道："佛罗伦萨总是陶醉在文艺复兴的氛围里，时不时也溜出来看看现代的东西，却又很快退了回去，那才是一座城市独有的气质。"

青岛的气质是由中西文化融合而成的，青岛的性格是齐鲁文化与现代文明长期磨合的结果，青岛应该有更大的智慧。

夜　船

　　来到绍兴，我乘着乌篷船在如水的月色下游览古城，两岸的楼房鳞次栉比、错落有致，条石上的老宅，青砖灰瓦、木栅乌柱，宅边的石级驳岸飘出了柔和的灯光，波影烁烁、色彩斑斓，桨声在水波中荡漾，那"咿呀"的轻响，悠悠晃晃地穿过了月夜。

　　乌篷船依着民居悠悠前行，一排瓦屋倒映在水中，河岸飘来吴侬细语的歌声，静静流淌的河水，和着悦耳的丝竹，揉碎了水波里灯影的清辉。桨声如韵，水月相拥，真不知是人在画中，还是画在心中。

　　街桥相连的河道氤氲着湿润的空气，水面泛着一层粼粼的银光，温柔的月华下，我的心境恬淡了许多。月夜是空灵的，月夜也是幽邃的，小船犁开了河面的水雾，泛起阵阵波澜，摇曳在潋滟水波中，有一种似曾相识的感觉。

　　记得有一年，我和裕飞从苏州乘船到杭州，沿着京杭大运河一路向南航行，运河两岸的古镇、古寺、古塔不停地在眼前流动，那是一种遥远的、淳朴的自然之美。岸边的民宅黯旧斑驳，窗门挂着各色衣物。过夜的船停靠在河岸，石级深入水中，船民洗衣洗菜，生火做饭。赶夜的船则一路炊烟袅袅，迎面而来时，可嗅到随风飘来的饭菜香味。

　　夜晚，船到盛泽古镇，几位旅人收拾行囊离船上岸。我望了望舷窗，岸上昏暗的灯光孤寂地亮着。当驳船驶离朦胧的古镇时，远处的几点光亮渐渐微弱。过了一座古旧沧桑的石桥，水浪拍打船底的声音愈显急促，月夜亦愈加静谧，睡眼惺忪中，我想起了张继的《枫桥夜泊》，想起了远方的家人，羁旅天涯的乡思离愁油然而生。

月是故乡明，古人喜欢将月夜与水联系在一起，期盼与思念、乡愁与惘然也总是在水一方。远方是一艘越走越远的船，家里的人听着桨橹声，盼着归家人，船上的人听着流水声，等待着归航。

很喜欢郑愁予的那句诗"我达达的马蹄是美丽的错误，我不是归人，是个过客……"，马蹄声是大漠的风情，桨橹声是江南的烟雨，远飞的大雁总会有归期，一如那些年开往北方的火车，载着我远行，也盼望着归期……

乌篷船在水月中摆动着，岸边的路人，或许踏着月色而归，或许只是匆匆过客。皓月澄明，银辉摇曳，我望着水面的涟漪，听着水面的桨声，只想挽一缕清风入眠，枕一缕月色入梦。

"窝窝"的记忆

"窝窝"的记忆，如同一缕冬日的阳光，洒在我们身上，留下了温暖的痕迹，我们分享着它的温度、它的历程。

"窝窝"的记忆，更像是和时间玩一场有趣的游戏，我们在感受同学之情的同时，能够不断地拥有直面自己的机会。

"窝窝"的记忆，让我想起了冒辟疆的《影梅庵忆语》，同学之情恰似冰心玉壶，如兰雅馨香。

"窝窝"的记忆，带着我们穿越，绵延的往事从心泉涌出，那么亲切、熟悉，那么温暖、感人。我们在拥有一段真挚情感的同时，能够再次用真情与之相拥，也让我们于内心深处做一个快乐的老顽童。

我们仿佛走在海泊河公园，路边的树林遮不住光阴，只留下了一地秋黄。我们多么想要抓住，抓住那片刻的时光，静静安放一颗心。

我们仿佛就在校园里，食堂的饭菜还是那么香。开水房里似乎还摆着空水瓶，那应该是我的，也是你的。操场上还有人在打球，三三两两的人在散步……

翻开"窝窝"的相册，让过往的片段轻轻回放。清新的海风，吹来了暖暖的情谊，思绪也随之飘向远方。我们的脸庞还是那么青涩，光阴也仿佛在那一刻凝固。

静守在细碎的时光里，我们感受着生命中的美好。抚摸着斑驳的印迹，那里就是机织的"窝窝"。我们曾一起迎朝阳，一起披月色，也曾一起年少轻狂。

回望身后的脚印，时光走得那么匆忙。我们驻足，我们眺望。一条路，一群人，匆匆地走着，而我已在归途。

我们仿佛就围坐在小木屋里，窗外白雪皑皑，屋里生起了炉火，温暖了沧海桑田。我们好似久别重逢，在互诉衷肠。记忆在彼此的心灵中游走，相伴的日子温暖如春。每一次的倾诉都在期待着，期待着下一次倾诉的到来。

"窝窝"的记忆，是同窗知己围炉夜话，是自己的心情、自己的阅历、自己的感悟。"窝窝"的记忆是心灵化作的飞雪，飘逸轻盈，自由而欢畅。

"窝窝"的记忆，是一群老顽童的相聚，是星空下的私语。"窝窝"的记忆，是同窗的小木屋，是同床的世外桃源。

将心注入，守护那一段不老的记忆，无论有多少坎坷艰难，在记忆里都会变得无比眷恋。让我们在记忆中温暖岁月，在记忆中沉淀出美好。

就此搁笔吧，留下空白，让更多温情的记忆在"窝窝"里发酵。

岁月的风，在漫步中相随；记忆的帆，在问候中相遇；鸟语花香，如杯中的淡雅，舒适了时光……

月亮代表我的心

月儿，不知不觉就圆了，昨夜的一阵秋雨，淅淅沥沥，秋蝉循声远去。秋风起、秋叶舞；秋风清、秋月明，又到一年中秋时。

月上中天，皎洁柔美，夜阑人静，秋风入怀。秋月总是盈盈的、脉脉的，月光轻泻大地，洒落静谧的银辉。沐着月色，我似有一种心灵的感应，思绪随着如水的月华而流淌，心境也因美好而感动。

儿时的中秋记忆是月下的嬉戏，是香甜的月饼，是"玉盘"里影影绰绰的嫦娥与玉兔。依稀记得月光透过树叶弥漫了院落，依稀记得外婆揉面、包馅儿、压模的忙碌身影，依稀记得伴着桂花的飘香，咀嚼着皮酥馅嫩的五仁月饼。

苏轼在《月饼》中写道："小饼如嚼月，中有酥和怡；默品其滋味，相思泪沾巾。"中秋，是一个充满诗情的节日，古往今来，文人墨客留下无数睹物生情的传世名篇。中秋，又是一个思念的节日，每逢佳节倍思亲，人们相思在月圆时分，牵挂在中秋之夜。

上大学时，惠华的收录机常常播放程琳的《故乡情》，"故乡的山，故乡的水，故乡有我童年的歌谣……"故乡的情总是让人魂牵梦绕，浓浓的乡愁总是挥之不去。

乡愁是母亲月下的慈祥，乡愁是父亲悠长的故事，乡愁是外婆家的月饼，乡愁是香喷喷的大米饭。大学四年，明月总是牵着思念，连着乡愁。中秋的月亮，就是身处异乡最深的挂念，月圆是诗，思乡是情，月圆最是思乡时，月儿圆了，思乡之情也就满了。

毕业离校的那一天，当车厢传来"归来吧，归来哟，浪迹天涯的游子"

的歌声时，我的心情是复杂的。余光中先生说："世上本没有故乡的，只是因为有了他乡。世上本没有思念的，只是因为有了离别。"四年的大学生活，青岛成了我的第二故乡。平日里，大家朝夕相处，情同手足，同学间的情感在潜移默化中交融。如今到了要离别的时候，蓦然回首，原来我们的不舍之情竟是那么浓。

我们曾经在汇泉湾迎着海风，追逐浪花，在栈桥、鲁迅公园、八大关留下过欢快的足迹；我们曾经一起登崂山、爬浮山，在山顶远眺，观云卷云舒；我们曾经在教学楼顶看晚霞满天，憧憬着未来的生活。时光的碎片，将无数美好的瞬间，组成了一首诗，拼成了一幅画。

留恋总在回眸间，此情只待成追忆。火车渐渐驶离青岛，我回头遥望，挥了挥手，说了声"再见"……

月有阴晴圆缺，人有悲欢离合；人生聚散两依依，人生聚散终有时。离别之情总是伤感的。我们在最美好的时光里相遇，在最灿烂的日子里相识。当年，我们留下了青春，离别之时，也憧憬着相逢的喜悦。相逢是首歌，心儿是永远的琴弦，如此想来，离别之中也有美好，也有期待。

"海上生明月，天涯共此时。"张九龄的深情，让月色富有诗情画意。秋月起、秋思浓，望月怀远，遥寄情思。中秋佳节，揽一抹秋色，携一缕秋风，举杯邀明月，敬友情，敬往昔，敬未来，但愿人长久，千里共婵娟。

就让月亮代表我的心吧。

我爱北京天安门

我们这一代人是在"我爱北京天安门"的童声中长大的，课本中那金光闪闪的天安门令人神往，湖面上荡起双桨的少先队员更让人羡慕。北京，是祖国的心脏，是太阳冉冉升起的地方，在我的心中崇高而神圣。

大一暑假，我和裕飞就是怀着这样一种崇敬的心情进京的。我的表姐夫是中国航天工程的科研工作者，当年我俩就住在航天工业部的家属楼里。

那一年，表姐夫到火车站来接我俩，路上专门让司机绕道长安街行驶。一路上，他耐心地回答我们的各种问题，还给我俩讲了关于航天航空方面的一些知识。他是 20 世纪 70 年代运载火箭研制和发射试验的参与者，也是神舟飞船回收系统的副总设计师。那一代航天人用热血和青春书写了太空的辉煌，令人敬佩不已。

当透过车窗看到华表、金水桥、天安门时，我的内心无比激动。北京，祖国的首都，这个令无数人憧憬的东方文明古城，我来了。

去天安门，去看毛主席，是我们这代人从小的梦想。毛主席纪念堂外排着长长的队伍，人们怀着崇敬之情走入纪念堂。大家神情肃穆，默默地瞻仰水晶棺中静静躺着的毛主席。记得毛主席去世时，举国哀泣，人们手持白花，潸然泪下，悲痛万分的心情，无以言表。

表姐从"七机部"弄了两张内部参观券，我和裕飞有幸通过新华门进入中南海丰泽园，参观毛主席的故居"菊香书屋"。毛主席喜爱菊花，他的《采桑子·重阳》中的"不似春光，胜似春光，寥廓江天万里霜"就含咏菊之意。中南海西花厅是周恩来总理的居所，当时即便他身患癌症，西花厅深夜的那盏灯仍旧映照着他的身影。《十里长街送总理》这篇文章，不知感动了多少人。"人们多么希望车子能停下来，希望时间能停下来！人们静静地站着，站着，好像在等待周总理回来。"人们始终怀念为人民呕心沥血、鞠躬尽瘁、死而后已的周总理。

我和裕飞从中国历史博物馆来到景山，在万春亭俯瞰北京城，将北海、中南海以及故宫博物院等尽收眼底。天边的晚霞流光溢彩，雄伟壮丽的天安门、巍然屹立的纪念碑透着红色的霞光，映着缤纷的色彩。回眸历史烟云，无数英杰意气风发，挥斥方道；回望烽火岁月，谁主沉浮，勇者胜，百舸争流，奋楫者先；回味风风雨雨，时代画卷波澜壮阔，浓墨重彩。

漫步于天安门广场，人民英雄纪念碑在阳光的映衬下显得格外庄严、肃穆。基座四周的汉白玉浮雕，浓缩了中华民族大气磅礴的奋斗历程。我俩仰望迎风飘扬的五星红旗，对人民英雄充满着崇高的敬意。

"你以为升起来的仅仅是一面红布吗？"这是电影《我和我的祖国》中，负责保障开国大典上第一面国旗升起的林治远工程师说的一句话。林治远的故事让人感动，银幕上原子弹爆炸成功的那一刻、女排夺冠的那一刻、香港回归的那一刻、神舟飞船着陆的那一刻，冉冉升起的不单单是一面鲜红的旗帜，同时，彰显了中华民族伟大的力量。

在"我和我的祖国一刻也不能分割"的悠扬歌声中，影片中的红旗如绸缎般飘舞。当人们欢欣鼓舞地走上街头、举国欢腾时，那个年代的赤诚之心、那个年代的激情昂扬，让人热血沸腾。

小时候写作文时，我常常会写"我们生在新中国，长在红旗下"这样的词句。集体主义的思想和荣光是每个学生在少年时期的精神支柱，把青春献给祖国是当时的主旋律，保尔·柯察金的名言在课堂上、在日记本里熠熠生辉。光荣属于20世纪80年代的新一辈，火红的青春唱响在希望的田野上。

或许是精神上的充实冲淡了物质短缺年代生活上的艰苦，虽然物质至简，但精神丰盈。我们这一代人有着理想主义的情结，我们受过红色精神的熏陶，感受了那个年代的英雄情怀，勤奋、坚韧是我们的品质；我们这一代人经历了社会的变革，我们肯吃苦、有担当，哪怕在今天，我们仍然是乐观向上的大叔和大妈。

如今只要到了北京，我都会去天安门广场走走看看。虽然已经很难找回当年那种充满激情的感觉了，但每一次站在天安门前，我都会有新的感受。祖国的繁荣富强，让我倍感自豪。

天安门在我的心中，有着许多温暖的记忆，当年的梦想、憧憬和激情筑就了我的精神家园，这些情结值得我一生回味。

我爱北京天安门。

春雨茶韵

潇潇春雨柔美而婉约，迷迷蒙蒙的天空，如烟如雾。站在窗前，看着屋檐上顺势落下的雨滴，望着墙角青苔上的水珠，我不禁哼唱起"雨纷纷，故旧里草木深"。正所谓，飘雨如丝让人醉，只有用心方觉真。

景无言雨有声，雨势渐大，"嘀嘀嗒嗒的"雨声，如大珠小珠落玉盘，演绎着悠扬之古曲。听雨如痴，赏雨如梦，应笑我多情。

春色正浓，花事正盛。大自然总是依着节气行进的，虽然有"新冠"作祟，但桃花依旧笑春风，花仙子你方唱罢我登场。

宅在家中的正翔，有了更多的时间打理花园。他用建盏沏茶，走入书中，让心归于平静，这是多美的心境。他于静谧的花丛间，独享明媚的阳光，读书、喝茶，有了一份淡然、一份清心。书香、茶香融于一隅，可沁人心脾。

徐渭说："茶宜松月下，宜花鸟间，宜清流白石。"此时的我，独坐于窗前，听雨敲窗牖，也想在一杯茶里静度春光。我喜雨前的绿茶，淡淡的甜弥漫着清香，犹如红颜知己，在流年中低头浅笑。如正翔那般，一杯茶、一本书，氤氲的香霭，似红袖添香，妙不可言。

杯中的茶上下沉浮，聚散依依，宛如芸芸众生，苦涩中的回甘飘荡着清香。生活总是不断重复着聚散离合，人生的滋味亦是甘苦相伴。轻啜细品之，暖香于唇齿间弥漫，心境也在淅沥的雨声中渐趋恬淡。

一抹绿茶，在水中舒展，在柔韧中释放着幽香。大自然总是充满着生命的活力。冬天里的一把火，曾让大兴安岭满目疮痍，然而嫩绿的新芽却从焦黑的枝丫间冒出，在风中淡然地摇曳，让人惊叹生命的顽强，也多了一份敬畏之心和淡泊之情。

这个春天很特殊，风风雨雨积淀着生命的厚重。我们都是逆旅行者，不知道明天会发生什么，但可以用心过好每一天。一粥一饭，一茶一书，润心降噪，静心以待。如此，平淡琐碎的人间至味，清欢而温暖。

屋外的花儿，从立春伊始，栩栩然开着；粉的、红的，一簇簇，一丛丛，姹紫嫣红，在飘飞的雨中，平添了几分娇媚、几分朦胧。霏霏细雨是化不开的春色，走过了，才会发觉，只在不经意间。

谷雨至，春将逝；春欲归何处，暗与落花期。花开花落，春去秋来，大自然如此，人生亦然。春雨如丝亦如诗，在心中营造一处桃源，用心存放生活中的美好，就能于浮生中偷得一份闲适、一份安然。

愿岁月无恙，你我安好。

青岛之味

　　来青岛参加同学聚会，我真真切切地感受到这座海滨城市的朝气与活力。五四广场、香港中路、奥帆中心，已成为浮山湾璀璨的明珠，流光溢彩的夜景描绘着魅力都市之韵律。

　　永建同学特意安排我和恒峰同学游览信号山，登高远眺，红瓦绿树映入眼帘，让人心旷神怡。望着久违的栈桥、迎宾馆、天主教堂，我情不自禁地说："这才是记忆深处的老味道。"

　　我是一个怀旧之人，老青岛的点点滴滴始终萦绕在我心中，难以抹去；它的身影，会勾起许多美好的回忆，我总想找寻那些深藏记忆中的满目旧韵。

　　记得入学的第一周，学校组织大家到汇泉湾游玩，口渴难耐的我，平生第一次喝了一扎青岛的散装啤酒。踏步在沙滩上，不知是沙的轻灵，还是酒的滋润，我的双脚竟然有了莫名的弹力。每逢国庆节，学校都会给每位学生供应一瓶青岛啤酒。在那个物资匮乏的年代，青岛啤酒可是难得的奢侈品，也是老青岛最迷人的味道。同样迷人的还有青岛的红肠。当年同学聚餐时，细腻筋道的红肠佐以青岛的葡萄酒，那股浓香至今好似仍在舌尖游荡。印象深刻的还有青岛的香槟酒，虽说是酒，但甜中带酸，有醒脑之功效。

　　每到假期，我都会到中山路食品商店买一些高粱饴、钙奶饼干带回家。高粱饴很有嚼劲，包在糖果外的糯米衣入口即化；油纸包装的钙奶饼干香甜酥脆；还有一款"杏元饼干"我印象颇深，大概是因为我的室友钟杏元同学的缘故吧。

舌尖上的味道让人无法忘却，而老青岛那散发着欧陆风情的味道更是厚重而久远，让人回味无穷。

那一年参加同学聚会，当车子拐入热闹的站前广场时，我却认不出它的模样。的士司机说："老车站早已拆除，如今是新建的火车站。"这让我颇为意外。上大学时，我常从济南站转车到青岛，这两座火车站的钟楼特别吸引我。2005年我到济南出差时，济南的老火车站也被拆除，曾经的美好印记已变得愈发遥远，我为回不到从前而感伤不已。

我对老建筑情有独钟，青岛的历史建筑林林总总，它们或厚重或典雅，掩映在绿树丛中，构成了岛城独有的人文风貌。我喜欢一个人静静地看着那些留下了斑驳岁月的屐痕，那些雪泥鸿爪只有身临其境才能感知，才能品味它的凝重与深邃。

海洋学院是我常去之地，那里有许多欧陆元素的建筑。触摸着那些历经沧桑的花岗岩，隔着时空，我依稀还能感受到当年的人文印迹。校园内的"一多楼"红瓦褐墙，斑驳的痕迹透着久远的气息，古朴典雅中映衬出一份诗意的美感，我似乎还能嗅到过往时光的文学韵味。

毕业之际，为了寻旧怀古，为了细细品味老城深巷旧时光的味道，我再次来到福山路、鱼山路、黄县路。那里有着大大小小的院落，高高的石阶，斑驳的外墙，尽管这些建筑已慢慢老去，拥挤的住户晾晒着杂乱的衣物，但《青岛风物》告诉我：巷弄中的院落像隐世的桃源，虽然斯人已去，却沉淀着厚重的历史，串起那一条条人文走廊，构成近代文学史的缩影。

那段时间，我盘山而行，沿坡而上，不经意间时光就走远了。那些曾经在门前走过的身影，那些曾经在窗前凝望的画面，仿佛就在眼前，如惊鸿一瞥。如今，走过风风雨雨的老建筑，随着岁月的流逝、时代的变迁，已然静默于繁华的都市，但它承载的历史记忆，则是岛城文脉的灵魂。

往事知多少，一座有记忆的城市才是温暖的城市。它那久远的味道总会让人收获许多的感动，也必然会在未来的发展中收获更多新的感动。

老青岛的味道，厚重而深远。

悠悠我心

有一种相遇
似风筝
牵着友情
连着心
郁郁葱葱旧时光
你我同床又同窗。

有一种相识
像水晶
离散成了
天上星
岁月匆匆各一方
相互映照鬓已霜。

有一种情感
惺相惜
一世同学
三生亲
除夕窗前忆往昔
唯有真情悠我心。

2019 年秋，正翔风雨兼程来到三明市。老同学久别重逢，大家显得格外激动。短短两天时间里，我们总有说不完的话、唠不完的嗑，叙旧尚未尽兴，他就踏上了回程的路。当年的上海一别，一晃已过三十五个年头，此次三明的相见，可谓"欢笑情如旧，萧疏鬓已斑"。

梁实秋说："你走，我不送你；你来，无论多大的风雨，我要去接你。"正所谓"相聚时难别亦难，从别后，忆相逢，离绪万千"。

记得当年毕业时，同学陆续订好回程的车票，开始整理行装。大家心里都怀着离别的感伤，难舍温暖的集体，难舍一起走过的时光。

当年我们一起学习，一起生活；一起举杯畅饮，一起纵情欢乐；一起高谈阔论，一起争论不休。一幕幕，一段段，如胶片的色温，温暖人心。它见证了我们的青春，有意气风发，有笑靥如花。

那是多么有温度的岁月，几度春秋，几度寒暑，几度夕阳红。每一程风雨都是收获，每一段历练都在成长。真到了分别的时候，我们却难言再见，未曾开口便早已眼眶湿润……

记忆的沙漏里有苦有乐，人生的轨迹中有喜有悲，无论是顺境还是逆境，都在增加生命的厚度。时光的诗行里，曾经芳华了一季，留下了感动，那些美好的过往幻化出的暖意，都是生命中最靓丽的风景。

风悄悄地划过四季的轮回，一年又一年，从指尖悄然流逝。淡淡的岁月，诉说着真实的自己；记忆的深处，总有散不去的情怀。花开花谢，如揪不住的时光；萍聚萍散，似留不住的过客。匆匆的光阴，不舍的年华；匆匆的流年，深深的眷恋。所有不舍与眷恋，都是在乎的情缘。

如今，机织的"窝窝"让我们穿越了时空，大家可以天天聚在一起，看你侃，看你笑，看她开心，看他闹。心若在，情就在，心若明媚，则岁月含香。这里有春花烂漫，这里有夏荫浓郁，这里有秋叶静美，这里有冬韵雅趣。愿在新的一年里，依着岁月的温暖，我们一路相伴，不离不弃。

从　前

　　来到乌镇，我原本只打算逛东栅，因为西栅的居民早已外迁，没了烟火味。但因木心美术馆在西栅，我犹豫了一阵，还是进去了。

　　木心的"晚晴小筑"在东栅，和茅盾故居分别位于东大街的东、西两端。木心的散文清新质朴，诗歌短小有味。他说："生活的最好状态是冷冷清清风风火火。"是啊，于平淡中活出热情，我还是很受启发的。

　　读木心的《从前慢》，我不禁念起了从前的好。"从前的日色变得慢，车，马，邮件都慢，一生只够爱一个人。"

　　是啊，从前，简简单单，充满人情味，温暖而自足。从前，慢得只够爱一个人。一颗心只给一个人，当是不负这一生的。

　　从前，难得有车辆过大街。从前，和小伙伴偷偷地跳上爬坡中的手扶拖拉机，又悄悄地逃离。

　　从前，和同桌的你在屋檐下躲雨。从前，在高高的山岗上，张开嘶哑的嗓门大声唱，回音中的歌声，歪歪扭扭，却也博得了银铃般的笑声。

　　从前，站在教学楼顶，守望满天的晚霞，伴着运动场的球声、笑声，身影渐渐融入落日的余晖之中。

　　从前，绿色邮筒静静地站立在路边。从前，把心情整理好，把想说的话写好，装进信封，投进邮筒，然后慢慢地等待。

　　前一段时间整理箱包时，我翻到了一叠信件。细细读来，那泛黄的信笺上，飘来了从前的、淡淡的温情。我的内心难以平静，既感叹流逝的光阴，又感慨从前的、久远的往事。

　　怀念那个不慌不忙的年代。缓慢的日子里透着人们的真诚，透着沉淀的情感，那份属于从前的、悠悠的情感。

如今有了电子邮箱，我们似乎淡忘了从前书写的年代，淡忘了同学间书信的真情，淡忘了落笔前的酝酿，淡忘了精心挑选的邮票。

十几年前，我曾在北京人民艺术剧院观看话剧《收信快乐》。两个演员，一个叫"爱哭芬"，一个叫"瘦皮猴"。两人将从前的信札演绎于舞台之上，在慢时光中，情感于信笺间缓缓流出，彼此温暖相依。

是啊，无论是家书还是情书，收到信件时的喜悦，我们都曾感受。小心翼翼地打开信封，慢慢地展开信笺，轻触着字里行间的温度，有叮嘱，有牵挂，有安慰，有鼓励。

想起那个年代的情书，有多少说不出口的话语，总在字里行间躲藏着，于不经意间在笔端流露。然后呢，仔细地读上几遍，仔细地折叠好，仔细地写好信封，仔细地贴正邮票。再然后呢，投入满是希望的邮箱，慢慢地翘首以盼。

从前虽慢，但等待也是一种幸福；如今，你追我赶的日子，却少了些许美感。微信、短信为匆忙的人们提供了方便，可我越发觉得少了些许温暖。现代化的通信拉近了人与人之间的距离，可我越发觉得拉远了人们的心。

也因此，我越发念起了从前。许多的过去已忘却，我们能够留住的，如今也只剩下那些没有丢失的老物件，包括那一沓沓泛黄的、没有随时光流走的信笺。

从前，在汇泉湾散步，人们俯下身子，便可拾起贝壳，就如同低头便可触摸到的信笺。可如今，早已没了"低头鱼""抬头雁"了，邮递员的铃声也已消失得无影无踪。

翻了翻毕业时自己写给自己的赠言，哎，许是当年哲学书看多了，许是我囫囵吞枣，满是"哲学家的思想"，真的是少年不识愁滋味啊。

从前的日子，你愁啥？

远方的"窝"

词：余骥

曲：佚名，余骥改编

远方的"窝"

在大海边

火车的终点

在青岛港

点点白帆

点点鸥

细细白浪

逐沙滩。

远方的"窝"

在大海边

飘飞的风筝

在汇泉湾

风起的时候

抓住它

背上吉他

飞上天。

看小鱼山

看八大关

飘飞的风筝

在汇泉湾

风起的时候

抓住它

背上吉他

飞上天。

远方的"窝"

在大海边

潮起潮落

在栈桥边

沧桑岁月

石老人

年轮的条纹

像浅滩的沙。

远方的"窝"

在大海边

起伏的海浪

在缠绵时光

清凉的雨

滋润海滩

只为留恋

我的同窗。

只想回到
机织班
年轮的条纹
像浅滩的沙
只为难舍
我同窗
只为留恋
我的同窗。

啦啦啦……
嗯嗯嗯……

独　酌

中国人喝酒时喜欢热热闹闹，有的地方甚至轰轰烈烈，满满的英雄气概，一如网络上的国人喝酒图鉴，于热情的劝酒声中，酩酊大醉。感情深一口闷，这或许就是中国酒桌上最朴实的价值观了。

不过历史上喜欢独酌的人也不少。独酌，可多斟，也可少酌，几杯下肚，醺然间，可独品人生况味。独酌，可独出文采，一如李白的"举杯邀明月，对影成三人"。独酌，同样也可以独出英雄气概，一如武松，独酌了十八碗才上景阳冈，成就了打虎英雄的美名。

独酌的玄妙，只有独者才能感悟，概有自我陶醉之乐趣。若有烦恼，可借酒浇愁，用杜康抚慰心灵。杨玉环因醋海翻波，借酒醺愁肠，起舞弄清影，三杯而迷离，这三杯酒，羞煞了百花，惊艳了月色。

自斟自酌，自由自在，无须察言，无须观色。一壶黄酒、几粒香豆，慢呷细品，爽快无边。可壶里探乾坤，可杯中赏夜月，亦可思古今天下事，催诗兴，燃诗情。

陶渊明诗曰："引壶觞以自酌，眄庭柯以怡颜。"王勃诗云："空园歌独酌，春日赋闲居。"白居易咏道："独酌复独咏，不觉月平西。"独酌时的心境，成为诗人创作的灵感来源。

独酌也是文人墨客内心情感的真实写照。杜牧的"寻僧解忧梦，乞酒缓愁肠"和卢照邻的"无人且无事，独酌还独眠"就道出了消解苦闷之味道。

苏轼对月独酌，于是有了"明月几时有，把酒问青天"的千古名句。这首词还有一小序："丙辰中秋，欢饮达旦，大醉，作此篇，兼怀子由。"

真可谓"酩酊方吐胸中意",读起来都带着几分醉意。

我很喜欢这个序,其字里行间展现了诗人的率性与洒脱。苏轼还写过一首独酌的诗,其中的"一杯赏月露,万象纷酬酢"很有趣味。在诗人的眼中,大自然的花草树木都在与他同欢,虽是独酌,却并不孤单。虽是独酌,也要与天地共豪饮同歌咏。

酒逢知己千杯少,如今功利性的应酬里少有知己。千杯难寻知己,倒不如学着古人独酌。自我助兴,抒发情怀,其实是不错的选择。

独酌,散淡随性,诗也隽永,舞也飘逸,拳也传神,如诗仙太白所言,"古来圣贤皆寂寞,惟有饮者留其名"。

游园偶拾

"庭院深深深几许""小园香径独徘徊"，这些诗句曾经让人对园林有着几许向往。大学暑期，我曾在屯溪转车，途经一间破旧的庭院时，听说赛金花在此住过，便好奇地想探个究竟。望着园内塌了的半边墙，杂草丛生中的野花，我竟有了"念桥边红药，年年知为谁生"的感叹。

早些年在洛阳，奔着白居易的《池上篇》，我四处打听白氏的"履道园"遗址。园林建筑专家周维权说："白居易是历史上第一个文人造园家。"但由于年代久远，白乐天精心营造的私家园林早已荡然无存。不过，伊河对岸有一座白居易的纪念公园，倒也古朴雅致。园内建亭造榭，曲径回廊，别有韵味。在拜谒诗圣墓庐后，我便随着人流匆匆而去。

当年与裕飞逛苏州，我俩能在拙政园待上一整天，那时候少有游客。亭台楼阁，花窗长廊，可悠悠游哉；廊榭碑刻，庭院楹联，可赏心悦目；一山一池，一花一草，天光云影，恍若隔世。行走在青砖黛瓦、竹篁点缀的粉墙间，我似乎可听见"墙里秋千佳人笑"。如今逛园林，只能顺着人流"打卡"拍照，再难闲庭信步了。

我的一位表亲在苏州工作，那一年我路过苏州，他邀我到网师园夜游听戏。想起陆文夫回忆过网师园的夜色，我便跟着表亲饶有兴趣地走了一遭，还真收获了夜游之惊喜。

实地实景演绎昆曲《牡丹亭》，着实让人惊艳，月光盈阁，水波潋滟，人影憧憧。低眉间的杜丽娘顾盼生姿、水袖袅袅。皓月当空，和风拂面，独自一人行走在"竹外一枝轩"，听着悠扬的曲韵，望着"月到风来亭"，我又想起白居易的《池上篇序》："声随风飘，或凝或散，悠扬于竹烟波月之际者久之。"

在杜丽娘的低吟浅唱中，我的心绪也跟着池水泛起涟漪。伴着杜丽娘的清韵，我在亭台间闲逛，不知不觉中已沉醉于如梦似幻的园林之中，一如她的唱腔："不到园林，怎知春色如许。"我仿佛穿越了时空，来到履道园，来到独乐园，但见亭廊倒影，萧竹婉转，佳人窈窕，知己唱和，好一个良辰美景。

以情而生之昆曲，钟情于园，写情于园。柔情似水，佳期如梦的园林便让人迷恋不已。明月清风人相思，小桥流水情离别。中国古典文学的柔情似乎都与园林有关。贾宝玉与林黛玉、柳梦海与杜丽娘、沈复与芸娘，都在花前月下互诉衷肠，蕉窗共听雨，梅下共品茗，可谓云墙柳影、情丝千结。

"朝飞暮卷，云霞翠轩，雨丝风片，烟波画船……"悠悠昆曲，隐隐丝竹，夜游网师园，别有一番滋味。白居易云："小宴追凉散，平桥步月回。笙歌归院落，灯火下楼台。"这让我不禁感慨，百年一世，如驹之过隙，浮生如梦，为欢几何？如李白所言："古人秉烛夜游，良有以也。"

第二篇　心香一瓣

心香一瓣

距上次游南普陀寺，时光已过三十年。此次，我和妻子穿过超然尘外的山门，穿过绿叶婆娑的菩提树，在幽深的庭院中，寻找曾经的过往，寻找记忆中那一段慈悲法缘的意境。

我们走近七佛塔，走近般若池，碧水中白莲素雅，清香四溢；悠悠的钟声，袅袅的梵音，我们仿佛触摸到古刹千年的门环，走入慈航的法界。

雨后的空气有了些许湿润，绿荫中满是晶莹的水珠，古树掩映的寺院，静谧而安宁，没有忙碌，没有喧嚣，只有祈福的呢喃，只有虔诚的希冀。

氤氲的香炉搁浅了俗尘的烦忧，檐角的风铃声向着远方飘散，空灵而超然。循着梵音，我们静静地行走在斑驳的石板路上，过了般若门，回廊中"随缘""无我"的偈语映入眼帘。

依旧是姹紫嫣红，依旧是莺歌蝶舞，那淡雅的花蕊，落于青苔石阶，落于古寺旧墙。蝶之韵，花之骨，人之品性，世间万物，般若于心，心生万法，万法归心。

渺渺梵音，总在不经意间契合你的心境、你的感悟。参禅礼佛，拈香祈愿的随喜者，菩提心与慈悲怀，尽在这一墙之中，清净与浮躁，也只在一墙之隔。

蔚蓝的天空掠过几只燕子，衔着春色，在空明的禅声中远去，不知何处来，亦不知何处去。燕有灵，树有心，一方一净土，一树一菩提。元稹诗云："万物有本性，况复人性灵。"万物皆有禅，不生不灭，不增不减，所谓茫茫天涯各西东，来如流水逝如风。

往事悠悠随风飘，尘世浮华若云烟，曾经这般来过，又这般走了，只是记得，来时是过客，只是记得，人生本过客。

五老峰下，奇石突兀，摩崖石刻，法相庄严。空灵之禅味，般若微醺，仿佛轻轻触碰，便能抖落一番空的滋味，徜徉其间，可抹去一缕纷扰、一丝牵挂。

禅房花木，古石瘦竹，不喧不闹，安之若素，安然如歌。如若可以，在白云生处，寻一处僻静，筑瓦舍竹篱，种一院花香，听鸟鸣虫吟，看晚霞满天，在相守中，安暖岁月……

古刹的青烟，牵出思绪的情怀，时光匆匆，划过流年，换了容颜。三十年前的邂逅，已凝成心香一瓣。

兰芷园

时光如白驹过隙，去年一别，不觉间立秋又悄然走过，而墨村也将迎来春暖花开的季节。正翔的园艺了得，桌上摆上几盆花，既点缀了庭院，又可感受四季的流转。其实，生活本身就是一道风景线，而精巧的园艺则源于对生活的热爱、对生命的尊重。

前些年，年迈的父亲腿脚越来越不利索，我便寻思着能有个小院子，以方便老人的生活。可在高楼林立的城市中，想要有一处院落，委实不易。功夫不负有心人，几经周折，我终于在电力小区寻得一处有个"小天地"的老房子。院子虽小，不过容膝之地，却能融入自然，相接天地。

父亲喜爱兰花，将小院取名为"兰芷园"。从自家有庭院，我也就多了一份闲趣，提一壶清水，洒一方草木，润一袭花瓣，洗一叶尘埃，自是妙不可言。家有庭院，也多了一份景致，春日姹紫嫣红，夏日彩蝶飞舞，秋日鸟儿啾唧，冬日兰草幽香。家有庭院，更多了一份心境，夜色降临，淡淡的月光洒在院落，沏一壶青茗，啜茗闻香，内心也归于静谧。

每当夕阳映照，屋角筛出一层晕黄，我的心中总有说不出的喜悦。每一处斜阳草木，抑或是一堵墙、一扇窗，都是我眼中动人的景色。我喜欢"孤村落日残霞"的诗句，将眼中的居所看成落于都市的孤村，看着那天空的晚霞，醉着那夕阳的余晖，孤村怡然静美。

我喜爱养花或许是受父亲的影响。小时候，家中窗台满是花草，幽幽的兰花、清香的茉莉、多彩的山菊、热烈的海棠，给枯燥贫乏的岁月增添了几抹绚丽的色彩。

自己动手摆弄的第一盆花是文竹，那是我与妻子恋爱时一同种下的，至今已陪伴我俩三十多个年头。每逢结婚纪念日，妻子总要把文竹梳洗一番，摆到案几上。每每望着那亭亭玉立的文竹，恬美之情便油然而生。

养花，养的是心趣。闲暇之余，我便随处化缘，讨这个苗，移那个花，培土施肥，倒腾着花盆。不经意间，嫩绿的新芽破土而出，这份惊喜，乐而有趣。

养花，养的是心静。素日里，我以花为友，寄情花草，在花木前探一探，蹲一蹲，摘黄叶，掐残花，拔野草，闻花香，便能怡情养性、安神定心。

养花，养的是心境。花通人性，读懂花的私语，两心相通，她便会说话似的与你交流，只要你有情，她就会向你敞开心扉，吐露芬芳。

汪曾祺说："如果你来访我，我不在，请和我门外的花坐一会儿，它们很温暖，我注视它们很多很多日子了。它们开得不茂盛，想起来什么说什么，没有话说时，尽管长着碧叶。"

一花一世界，一叶一菩提。用心呵护花草，善待生命，用情感与之交流，如是，或许可参悟到一木一浮生、一草一天堂的智慧了。

秋 叶

　　早晨，自助餐厅播放着钢琴曲《秋叶》。深秋时节听这首曲子，如秋风轻轻拂过脸颊，清脆的音符似落叶悠然舞动，精灵般地点敲着人们的心灵深处。

　　小汤山镇位于昌平区，这里没有城区的喧闹，处处充满着安宁的气息，其虽位于远郊，却地处故宫的中轴线。霜降即至，昨日的北风天，让龙脉之地的小镇多了一丝寒意。我驻足窗前，便可感受秋之静美、秋之韵味。

　　香颂，是法国世俗歌曲和情爱流行歌曲的泛称，以甜美浪漫的歌词著称于世。《秋叶》是法国香颂中的经典。在电影《廊桥遗梦》里，在乡间木屋摇曳的烛光中，悠扬响起的《秋叶》诠释了弗朗西斯卡和罗伯特那段剪不断、理还乱的梦幻情缘。

　　刘欢曾经在"中国好声音"中唱过这首曲子。这位国际关系学院法文专业的才子，似乎很少演唱法文歌曲，比较经典的除《玫瑰人生》，就是《秋叶》了。他那段令人印象深刻的念白，如秋日私语，让人感受到秋的浪漫、秋的思念。

　　最动听的《秋叶》，当属意大利著名男高音歌唱家安德烈·波切利的美声跨界版本。他的嗓音辨识度很高，如陈年干红，甘醇沉厚；他的歌声仿佛是缤纷的秋叶，飘散着浓浓的情义，你能感受到一个成熟男人所拥有的宽广与包容。有人说，落叶是秋日里的泪珠，但听过他的歌，我觉得落叶更似秋天里的微笑。

　　这位意大利歌唱家虽双目失明，却能感悟到生活中的美和爱。当他一展歌喉的时候，他的那种温和、那种跟你心灵的沟通，似乎一下子就能感染到每一位听众。他的那首《深深的吻》，寄托着他的灵魂，让人感受到生命中柔情，那里有太多的爱。

我曾托女儿到意大利购买安德烈·波切利的原版唱片。女儿在微信中告诉我，她的房东也喜爱安德烈·波切利，每天吃早餐时都会播放他的歌曲。房东告诉她，听安德烈·波切利的歌，是一种享受。

安德烈·波切利的歌声里蕴含着他的真诚，我喜欢他那真诚的声音，并能从其歌声中感受到其豁达的心胸。我想，他定是在黑暗中找到了方舟，虽然望不到彼岸，但心是明亮的。我有时会反复听他的歌曲，不停地感慨，不停地感动。人生难免坎坷曲折，纵使一个人有千万个理由想要放弃，但面对这位在黑暗世界里吟唱的强者，又有什么委屈可言呢？

秋风起秋叶黄，秋叶情寄青鸾。窗外的银杏叶随风轻扬，落叶之美，是自然之美、回归之美。生命就是如此，何故去悲秋？生命终将回归本源，生活也不是诗和远方，而是从容与坦然。

天空的白云悠悠缥缈，一不留神，便不知踪迹，仿若匆匆的时光，不经意间，便走远了，只一转身，秋寒便倾城了。

秋叶是秋天里的一隅微笑，秋叶尽染，最抚人心。多情的秋叶，牵着时光的手，几多留恋，几多不舍，在飘飞中，迎来了生命的皈依。周国平说："人生任何美好的享受，都有赖于一颗澄明的心，唯有内心富有充盈，方能从容抵抗世间所有的不安与躁动。"

秋叶飘飘漾漾，秋叶潇潇洒洒。深秋时节，一曲《秋叶》，一缕温情，暖了秋日，暖了天涯人。

牵 手

谈起巴洛克时期的雕塑家贝尼尼，人们的话题总离不开圣彼得大教堂那宏伟的柱廊与青铜华盖，而我却惊叹于他的另一件作品——《沉睡的赫马佛洛狄忒斯》。

很难想象那柔软的床垫和蓬松的枕头，竟是石头雕刻的。从背面看这尊雕像，那细腻的皮肤、丰腴的曲线，无疑是一位妙龄女子，可当我转到"她"的前面，看到的却是一位如假包换的美少年。

小赫马是古希腊神话中的阴阳神。传说，森林中的一位仙女对他一见倾心，便疯狂地追逐他，小赫马躲闪不及，变为雌雄同体的双性人，后来因为得罪宙斯，他被撕成了男人和女人。从此，他总是不知疲倦地找寻自己的另一半。这就是世间男女要在芸芸众生中去牵手自己另一半的缘由。

柏拉图在《会饮篇》里也描写了类似的神话故事。天神感到了人类四手四脚的潜在威胁，就把人一分为二。于是，人的使命，便是要去牵手分开的另一半。

阴阳相济是中国博大精深的八卦理论。男为阳，女为阴，刚柔互补才能调出一个平和的乾坤来。在这方面，中西方文化似乎是一致的。

张贤亮的小说《男人的一半是女人》曾轰动一时，可我觉得章永璘的另一半过于沉重。我还是喜欢沈从文笔下的《边城》。傩送两兄弟和翠翠之间的牵手，体现了人世间的真善美；杨马兵对翠翠的关爱，让人感受到一颗宽仁的心。

我到过《边城》中的茶峒古镇，曾踏着斑驳的台阶，去找寻溪边的老渡口和白塔。我真是喜欢那世外桃源般的边城，即便是烟花女子对水手的爱情，都是淳朴的，街坊四邻也不会瞧不起她们。我有时觉得男人的另一半更坚强，就如同翠翠——一场暴雨，屋后的塔塌了，爷爷也走了，翠翠接管了渡船，等待着心上人的归来……

塞林格的《破碎故事之心》中有一段对白特别有味道："爱你才是最重要的事，莱斯特小姐。你知道我怎么想吗？我觉得爱是想要牵手却又收回手。"面对傩送，天保把对翠翠的那份爱埋藏在心底，把伸出的手又收了回来，他努力控制住自己的感情。天保心中最微妙的地方正如塞林格写的那一段话，他把天保想要表达却又说不出来的心思，细腻准确地呈现在读者面前。

歌曲《孩儿在外想爸妈》中有这样一段歌词："小时候爸妈牵着我的手，那时的我连路都不会走……"幼年时的牵手，传递着父母的爱，也萌生了懵懂的爱意，小朋友总喜欢牵着自己小伙伴的手。孩童时期，我们总觉得牵手是件好简单的事，我喜欢的人刚好也喜欢我，就这么在一起玩。青葱少年时，我们则羞于牵手，却也幻想着牵手。后来才明白，爱一个人容易，相爱却不易，相爱其实也容易，相扶相携一辈子更不易。

闽南人将自己的另一半称为"牵手"，因为牵手就是合二为一，就是责任。如歌手苏芮所唱的"也许牵了手的手，前程不一定好走；也许有了伴的路，今生还要更忙碌；所以牵了手的手，来生还要一起走……"

牵手就是牵挂，因为不安着你的不安，担心着你的担心。死生契阔，与子成说，执子之手，与子偕老。

追思，茉莉

　　我喜欢茉莉花，喜欢洁白如雪的花朵透出的清纯之美。

　　立夏时节，茉莉的花蕾便探出头来，那么玲珑，那么可爱。每当花瓣展开，温润如玉的茉莉便散发出阵阵清香，令人心旷神怡。

　　月上枝头时，我独坐一隅，摘下几朵茉莉花，随清茶放入杯中，待热水冲入，那翩然起舞的茉莉煞是好看；轻啜细品，幽香于唇齿间弥漫，沁人心脾。

　　风来花落时，那娇美的茉莉，朵朵回眸浅笑，惹人怜爱，藏于书的扉页，"颜如玉"便有了淡淡的清香。

　　还记得上海世博会的主题曲《茉莉花》，小女孩稚嫩的童声纯净甜美、清幽婉转，天籁之音让人平和宁静。在香港、澳门回归的交接仪式上，在北京奥运会上，都曾奏响这首柔美的《茉莉花》。

　　普契尼的著名歌剧《图兰朵》，也将《茉莉花》作为音乐主题。在普契尼的眼中，元朝公主图兰朵便是一朵美丽、馨香、婷婷袅袅的茉莉花。《茉莉花》的韵律成为整部歌剧的灵魂。也因此，茉莉花早就香飘海外，成为中国的文化符号、文化元素。

　　苏轼的"暗麝著人簪茉莉，红潮登颊醉槟榔"说的是南方女子发髻上插着茉莉花，飘着淡淡的芳香，那潮红的脸颊，不知是羞涩，还是吃槟榔醉红的。我家乡的女性都喜欢用洁白的茉莉花妆饰自己的鬓鬟，不仅清雅大方，还可满屋生香，就连走路都带着一股清香。

　　茉莉花有着东方女性之神韵，含蓄、婉约、清雅。女子名中带"莉"字的比比皆是，我的妻子就是其中的一位，人称"小茉莉"。我喜欢茉莉花亦源于此。

"小茉莉"端庄贤淑，内敛、不张扬，她的安宁与恬淡，一如珠圆温润的茉莉花，没有矫揉之态，亦无造作之情。

哦，要我再说什么呢？还是唱起来吧！

"好一朵茉莉花，好一朵茉莉花，满园的花开赛不过她……"

也不知天堂中的"小茉莉"能否听到，我想她是能够听到的。

清明时节，落雨迷离，思念如同潇潇细雨，绵绵长长。生死离别的痛苦，只有经历过的人才懂得。

我想起了林徽因的一段话："终于明白，有些路，只能一个人走。那些邀约好同行的人，一起相伴雨季，走过年华，但有一天终究会在某个渡口离散。"

人生原本就有种种无奈，人生本来就是一种承受。人有悲欢离合，有时真的别无他法，只一刹那，只一松手，身边的人就离我们而去，再相逢时已成隔世。

今生牵手不够，来生相约依旧。心中播下一颗种子，静待茉莉花开，花开之时便是相逢牵手之日。

今生牵了你的手，来生还要一起走……

棠棣随想

小时候行走在山涧溪谷，高高的树木上总是爬满藤蔓、布满青苔；四周静谧，仿佛能听到露珠的滴落声；清澈的溪水顺流而下，小伙伴常常在大石块上嬉水撒欢；山涧奇花异草丛生，鸟兽鸣语，一片安详。

许多花草，我后来才知其名。比如，香甜可口的"黄花菜"原来叫"萱草"，又名"忘忧草"。在康乃馨成为母亲节的代言花卉之前，萱草早已是母爱的象征。《诗经》云："北堂幽暗，可以种萱。"北堂，是慈母的居室。古代孝子外出求功名，都要在北堂种植萱草，让慈母忘却忧思。孟郊在《游子诗》中写道："萱草生堂阶，游子行天涯。"

有一回和友人在绿道散步，遇到儿时常见的一种不知名的花，友人道，此花雅称"棠棣花"。我的母亲是越剧迷。小时候我的家中有一本20世纪50至60年代的越剧剧刊——《芳草碧血》（亦名《棠棣之花》）。这是郭沫若创作的历史剧，讲述的是义士聂政刺杀韩傀的一段历史。那时候，我对剧情似懂非懂，对棠棣花更是一无所知。

司马迁的《刺客列传》所要表达的思想就是"士为知己者死"。在皇权社会，这种既是君臣又是知己，彼此之间互相信任的关系，是中国士大夫阶层所渴望和追求的。这也是"三顾茅庐"之所以被推崇的原因，正所谓"择木之禽，得栖良木；择主之臣，得遇明主"。

蔡邕根据聂政刺韩傀的故事，创作了古琴曲《广陵散》，寄托着中国文人的理想和情怀。同样是三国时期的士子嵇康，就没有诸葛亮那么幸运。嵇康没有遇到"知己"，便拒绝出仕，他常常以《广陵散》抒发理想，抚慰心灵。嵇康临刑前弹奏的《广陵散》深沉而凝重，他长叹道：

"《广陵散》从此绝矣！"

不过《广陵散》并未失传，至今仍留存于世。《笑傲江湖》中的曲洋在蔡邕的墓中找到了《广陵散》的曲谱，这虽是虚构，却也并非毫无根据。《广陵散》的曲调朴实无华，节奏昂扬淳厚，听这支曲子时应心无挂碍。管平湖演奏的《广陵散》，低沉而饱满，最接近真实的场景。

《诗经·小雅》中写道："棠棣之华，鄂不韡韡，凡今之人，莫如兄弟。"世人常用"棠棣"比喻兄弟之情。郭沫若将剧本冠之以"棠棣之花"，意在颂扬舍生取义的姐弟之情。剧情开篇就展现了聂政之姐送其出行的场景，姐弟之情正如《诗经·小雅》中的棠棣之花，姐姐冒死为弟弟收尸，其为情为义之正气，令人敬佩不已。

人世间如棠棣花般的美好总是令人感动。自从妻子得病之后，我与友人的相聚就少了，他们会时不时地给我打个电话，闲聊几句。其实最可贵的，就是这看似无事却有事的电话，话语间，我能感受到大家的关心和温暖，充满了浓浓的兄弟情义。

去年，我写了篇文章《心香一瓣》分享给友人，他立马就拨通了我的电话，开口便问近来可好，似乎察觉出我有什么心事，并安慰了一番。通完电话，我不禁心头一热，老泪纵横。

兄弟姐妹之情，似棠棣，花瓣连理，切切偲偲，怡怡如也。在青岛的四年，于我而言既是缘分也是福分。培林同学说得好，"这个'窝窝'有温度，重情重义"。正翔时常私信我，发一些澳洲美景，分享一些自己培育的花卉，总想让我开心快乐。裕飞知道我喜欢古典音乐，经常推送一些名歌名曲让我欣赏。妻子重病期间，至亲好友先后来厦探望慰问，帮忙照顾。他们的关怀让我终生难忘，晓阳大哥更是一直陪伴着我。

人这一生，有人惦记，夫复何求？知己知心，同窗同床，就如这韡韡花瓣，灼灼其华。

桥

我的家乡因水而兴，丰水的土地绿树成荫。镇里有一座古桥，桥头有棵古樟。据说，树龄有三百余年，老树新枝便有了神性，有了神庙。老人常在此祈福平安，年轻人来此求子、求姻缘，许多外地人也慕名而来，在树上系上红丝带，祈求树神的庇佑。古桥、古木、古庙寄托着人们福寿安康、缔结良缘的美好心愿。

如今桥上的连心锁成了一道亮丽的风景线，清澈的流水似女子柔软灵秀的纤手，古桥则似一枚清雅纯洁的定情戒指。行走在桥上，我望着翩然起舞的蝴蝶，不禁想起《草桥结拜》，想起了为爱殉情、化成双蝶的梁山伯与祝英台。蝴蝶是自由的象征，庄子就曾在梦中幻化成蝶，逍遥而惬意。也因此，当爱被束缚，有情人总希望像蝴蝶那样自由地飞舞。

很多中外文艺作品中的爱情故事似乎都与桥邂逅，无论是《七夕鹊桥》《断桥相会》，还是《魂断蓝桥》《廊桥遗梦》，总让人有着剪不断理还乱的情感思绪。

在佛罗伦萨的阿尔诺河上，有一座赫赫有名的维奇奥老桥。这座"翡冷翠"的廊桥见证了但丁的初恋，然而有情人难成眷属，但丁只能在《神曲》里、在梦之天堂中，牵手心中的女神。绍兴有座春波桥，陆游在《沈园》里悲情地写下"伤心桥下春波绿"的诗句，道尽他与唐婉凄美的爱情悲剧。

似乎每一座桥都有一段浪漫、凄婉、伤感的爱情故事，让人为之动容、为之感慨。

电影《刘三姐》中的插曲唱道："我俩结交订百年，哪个九十七岁死，奈何桥上等三年。"奈何桥上，奈何离别，奈何相见，这都是前世今生的轮回，前世修来五百年，才有今生的一个回眸。回眸是缘，牵手是缘，惜缘才会有缘，才会有今世的相知与相伴。

还记得有这么一句歌词："我们一直忘了要搭一座桥，到对方的心底瞧一瞧。"其实，缘分就如同河岸间的距离，有了一座"康桥"，就有了"人间四月天"。我还是喜欢《鹊桥相会》这则浪漫的爱情故事，一年一次的七夕相会，那可是久别重逢，久别胜新婚啊。

桥是沟通男女间情感的纽带。架上一座"心桥"，让彼此的心灵相守，架上一座"心桥"，让爱相拥，我想这应该是七夕节应有之义。

所谓情人节，就是你我从"心桥"走来，这才是最幸福的。

纳　凉

　　处暑过后，天气依旧炎热，我躺在凉椅上小憩，想起了杨万里的幽默。"夜热依然午热同，开门小立月明中；竹深树密虫鸣处，时有微凉不是风。"诗人打趣道："夏日啊，你白天热也就罢了，为啥夜间还热得够呛呢，罢了，我还是出门到月下竹林溜达吧。"走入树丛，"唧唧唧"的夏虫声，好似凉风扑面而来，可是这不是风，而是静谧带来的清爽啊。

　　学着杨万里，我独自一人来到南湖公园。湖畔草丛间虫鸣蛙叫，蝉儿扯开嘶哑的嗓门，仍旧唱着夏天的故事。走着听着，我不由得喜欢上了这个热情洋溢的夏天，好像忘了暑热时的种种埋怨，希望夏天别那么快就走了。

　　落英缤纷的春日虽好，却容易伤春；红叶满阶的秋色虽美，又容易悲秋；而南方的冬天，向来是少有飘雪，总觉得少了些许冬韵。夏季正好，永远是那么畅快，月华如练的夜晚，又最能触发人的思绪。

　　夏目漱石曾问他的学生："月下对恋人表白'I love you'应如何翻译？"学生脱口而出："我爱你。"夏目漱石说："东方人怎么可能这么说呢？"学生问："那应该怎么翻译呢？"夏目漱石想了想说道："今晚的月色真美。"

　　对于含蓄的东方人而言，月色下的恋情，多了几许迷离、几许朦胧，总有欲说还休，犹抱琵琶半遮面的委婉。"有你在，月色真美"，这应该是再适合不过的表白吧。如果再配上一曲江南丝竹，那丝绸般的质感，没有张力，只有柔软、舒适和松弛，该是多么唯美的一幅画面。

　　中西方对月亮所寓意的文化，大不相同。西方人有"月癫"之说，月有阴晴圆缺，喻义爱情的变幻莫测。皎洁的月夜，人们更容易放纵自我。在西方的故事中，月圆时分，总有精灵古怪登场，夏日的夜晚总是和疯狂与魔法联系在一起。最著名的，当属狼人在月圆之夜会变身的传说。莎士比亚的《仲夏夜之梦》描述的也是一个发生在森林之中的魔幻故事，两对恋人在精灵的恶作剧下失去了情志，经过一阵荒唐的梦境之后，才恢复理性，有情人终成眷属。

西方人率真、外向、主动，敢于冒险，他们强调个体的自由。西方的月亮也因此总给人一丝躁动不安之感，他们对于月亮的精神寄托，更多的是"渴望爱"。中国古人则认为，月亮远离人间，超尘脱俗，代表祥和、思念与恬静，所以中国的月亮较为柔和，人们对于月亮的情感寄托体现为"思念爱"。

月圆思佳人，咫尺隔千里；那端望月人，可曾旧人恋。一轮明月，在中国人的眼里，是亲情，是恋情。静谧的夜晚，每当人们遥对星空中的月亮，万般思绪就会涌上心头，故人们常借月色来寄托思念之情。

无论在中国还是西方，月亮都给人们提供了丰富的想象空间，让人们有更为广泛的文化审美趣味。聆听《月光奏鸣曲》，人们或许会想到月光下柯南探长的正义与宽恕，以及作案人的复仇与救赎。我更愿意遥想李白的纳凉诗句："醉起步溪月，鸟还人亦稀"，更期待月光静静地流淌进我的窗子，更盼望明月装饰我的梦。

皓月高挂中天之际，听一首古琴曲《良宵引》，好似弦有清风而神怡心醉。倘若捧诗夜读，将思绪揉进月色里，更可于书中纳凉，但觉微风轻送，别有幽趣。

尘世的玫瑰

聆听格鲁贝洛娃演唱的圣桑的《夜莺与玫瑰》，那华丽的花腔女高音模仿夜莺的鸣叫，婉转深情、馥郁清雅，让宁静的夜空充盈着生命的关怀。

这首歌不禁让人想起爱尔兰作家王尔德的童话故事《夜莺与玫瑰》。夜莺忍受着玫瑰刺的疼痛彻夜歌唱，她歌唱爱情，这是夜莺矢志不悔的美好理想。这种美好却带着忧郁，因为现实是残酷的。

王尔德在书中写道："我读过智者所写的一切，哲学的一切秘密也已了然于胸，然而我的生活却因为缺少一朵红玫瑰就变得如此悲惨。"

诺贝尔文学奖获得者——爱尔兰诗人叶芝，就是被玫瑰刺伤而成为伟大的诗人的。2015央视春节联欢晚会上，莫文蔚深情地唱道："多少人爱你青春欢畅的时辰，爱慕你的美丽，假意或真心，只有一个人爱你虔诚的灵魂，爱你苍老的脸上的皱纹……"叶芝的诗《当你老了》从此在我国家喻户晓。

这首诗感动了所有的人，唯独没能感动诗中的那个"你"。叶芝终其一生，对莫德·冈爱而不得。

莫德·冈是盛开在叶芝心中的一枝玫瑰花。叶芝后来不断地回忆那一次梦幻般的邂逅。他写道："她伫立窗畔，她光彩夺目，仿佛自身就是洒满了阳光的花瓣。"

《尘世的玫瑰》《战斗的玫瑰》《神秘的玫瑰》，叶芝吟诵着女神般美丽、高贵的玫瑰，那是他心中的缪斯女神，他在向心爱的莫德·冈倾诉衷肠。

叶芝说："我从未想到会在一个活生生的女人身上看到这样超凡的美。这种美，我一直以为只存在于名画、诗歌和古代的传说中。那分明不属于人间的美丽！""我所有的诗，都是献给莫德·冈的。"在叶芝的心目中，莫德·冈是最美丽的女人。

深陷爱河的叶芝让爱尔兰诞生了绚丽多彩的诗歌，这是叶芝一生中最为美妙的爱之梦。"我将用这锦缎铺展在你的脚下。可我，如此贫穷，仅仅拥有梦；就把我的梦铺展在你的脚下，轻一点啊，因为你脚踩着我的梦。"上帝于茫茫人海中将莫德·冈推到了叶芝面前，让叶芝用尽一生的力气去等待她的爱。

"亲爱的，但愿我们是浪尖上一双白鸟。但愿我们化作浪尖上的白鸟，我和你！"叶芝多么想和莫德·冈一起鸾凤和鸣，可这是他的一厢情愿。作为一名革命者，莫德·冈只是欣赏他的才华，她只想和叶芝成为好朋友。革命者的理性与诗人的浪漫是有鸿沟的。

叶芝著名的诗《经柳园而下》，体现了理性与浪漫之间的碰撞与无奈。"经柳园而下，我曾遇上我的爱，她走过柳园，纤足雪白。她要我自然地去爱，就像树木吐出新芽。但我，年少愚笨，不曾听从。在河边的田野里，我曾和我的爱人驻足，在我倾靠的肩上，她放下雪白的手。她要我自然地生活，就像堤堰长出青草，但那时，我年少愚笨，如今泪湿衣衫。"

显然，在莫德·冈的眼里，叶芝只是活在诗歌的世界里，可诗歌是一回事，生活是另一回事。她告诉叶芝一切顺其自然，"自然地生活""自然地去爱"。但叶芝依旧走在浪漫的时空里，至死不渝地期盼着莫德·冈的爱。

当莫德·冈的丈夫因起义失败而被处死时，叶芝再次向她求婚，仍遭拒绝。直至叶芝去世，莫德·冈仍未出席他的葬礼。她说："世界会因为我没有嫁给他而感谢我。"这话虽然有些不近人情，但也确实如此。如果没有坎坷无果的爱情，现代诗歌将失去许多的经典作品。缪赛说："最美丽的诗歌是最绝望的诗歌，有些不朽的篇章是纯粹的眼泪。"

叶芝一生与诗歌为伴，并将其爱情之绝唱与诗歌相连。柏拉图说：

"爱是如此神圣，使得一名诗人可以用诗歌之光照亮其他人的灵魂。"
一名浪漫的诗人，一名斗志昂扬的革命者，他们用一生的信念坚守理想
中的自己，这就是诗意的世界。

一剪梅

漫步于小区，空气中弥漫着淡淡的清香，循着香气寻去，广场的几株蜡梅正热闹地开着，一隅金黄为节日增添了一抹绚丽色彩。隆冬季节绽放的梅花，凌霜傲雪，冰清玉洁，因这，便有了"岁寒三友"之一的雅号。只可惜南方没有雪，否则踏雪寻梅该多么诗情画意。

王安石曾写下"遥知不是雪，为有暗香来"的诗句来歌颂梅花。幽香盈盈的梅花，一直以来都被人们所喜爱，厚重的梅花情结，在中国历史文化中，独占一席之地。

从唐代开始，梅花的造型便逐渐流行于日常生活之中。古时用来插梅花枝干的瓷器，因其口径小，如同梅之瘦骨，故被称为"梅瓶"。湖北省博物馆的元青花梅瓶为镇馆之宝，曲线优美、色泽玉润，散发着久远之暗香。

张大千的《梅花仕女图》源于寿阳公主的落梅妆。传说，她曾半卧于宫中窗前，窗外梅树的花瓣飘落在她的前额，更显妩媚娇柔，于是后宫纷纷效仿，以梅花饰品贴于额头，落梅妆风靡一时。欧阳修诗云："清晨帘幕卷轻霜，呵手试梅妆。"

天台山国清寺隋梅是国内最古老的梅树，琅琊山醉翁亭欧梅也已历经千年风霜。"剪取东风第一枝，半帘疏影坐题诗"是邓拓咏隋梅的诗句。欧梅则是欧阳修任滁州太守时所植，被誉为"花中巢许"，乃古人追求之风骨，遒劲傲雪、清香不绝。

魏晋时期的陆凯途经梅岭时，折梅一枝，托驿使送友人，并赠诗一首："折花逢驿使，寄予陇头人；江南无所有，聊赠一枝春。"诗人心中的梅花情怀真挚而隽永。民国初年，荣宝斋制作的一款信笺，用梅花纹辅底，梅花笺纸之精美，让人爱不释手。

梅花的香气有很强的穿透力。记得当年行走在梅岭梅关，数百米开外，我就能闻到氤氲的幽香。《红楼梦》中的妙玉以从梅花上收集的积雪烹茶，并请贾宝玉、林黛玉和薛宝钗品尝。妙玉说："一杯为品，二杯即是解渴的蠢物，三杯便是饮牛饮骡了。"烹雪煮茶，满口温香，更何况是含着花蕊清香的雪水。白居易诗云"扫雪煎香茗"，由此可见，古人茶禅一味，听雪敲竹，超然出尘的意境，又岂是一个"雅"字了得。

无独有偶，苏轼任杭州知州时，也曾用梅蕊之雪配以沉香等制作了一款名为"雪中春信"的合香。据说，熏焚此香时，初闻似冰雪彻骨，渐渐变得清香纯净，可于冷香中品得一片香雪海。

"疏影横斜水清浅，暗香浮动月黄昏"是北宋诗人林逋最为打动人心的咏梅诗句。这位隐士以梅为妻，以鹤为子，在杭州孤山广植梅树，过着怡然自乐的生活。爱梅如痴的他将自己托付给了孤山的一隅梅花坞。

"孤山"这个名字很有味，一个"孤"字便有了淡泊孤峭之意境。如今，孤山梅林的游客络绎不绝。悄然绽放的梅花，是冬的诗意，踏雪寻梅间，你才会真正感受到"人间有味是清欢"。《梅花雪》是一首意境幽远的古筝曲，其悠扬婉转的音律，清香盈盈，沁人心脾，好似枝干上的梅花，悄悄融入漫天飘飞的雪花之中。

扬州八怪之金农尤精于墨梅，他的墨梅图古拙质朴、婀娜多姿。灵动的梅花缀于枝丫，满幅生香，富有张力，呈现出梅花傲霜的勃勃生机。常言道，喜鹊登梅，梅开五福，福喜盈门。五瓣的梅花是"五福"的象征，寓意长寿、富贵、安康、好运、和顺。

梅花迎风霜，凌寒独自开，祥瑞到人间。历经严寒的人们在立春时节迎来的必将是满满的福气。

爱的曲奇

上海世界博览会的英国馆造型新颖独特，外形像蒲公英，进入馆内，听到的是耳熟能详的埃尔加的作品《爱的致意》。

小夜曲风格的《爱的致意》充满着浓情，是埃尔加向未婚妻爱莉丝求婚的作品。据说，他俩婚后的一段时间，埃尔加在创作上遇到了瓶颈，非常之苦恼。细心的爱莉丝烘焙了香甜的曲奇饼，让爱洋溢在他们的结婚纪念日之中。埃尔加品尝后，温馨与浪漫之情油然而生，灵感顿发，于是他兴奋地将这款曲奇饼命名为"爱的恋曲"。

第一次世界大战期间，埃尔加夫妇饱受心灵创伤，不久，爱莉丝离开了人世。埃尔加在孤寂中创作出《E小调大提琴协奏曲》。这是他写给妻子的安魂曲，被称为"音乐史上最深情的旷世杰作"。

说来有趣，西方古典音乐基本上以德国和奥地利为中心，或许是德国人的严谨成就了欧洲的严肃音乐。在这一领域我觉得自诩为"日不落"的英国一定很失落，即便是巴洛克时期的亨德尔，其实也是德国人，只不过跑到英格兰为王室效力而已。埃尔加真真切切地给英国人挽回了一点面子，他的《威风凛凛进行曲》一直以来都是西方名校颁发学位时的背景音乐。

四十五年之后，英国出现了一位用生命和灵魂演绎埃尔加《E小调大提琴协奏曲》的天才演奏家，她就是杰奎琳·杜普蕾。这位音乐女神曾说，每当演奏到慢板乐章时，她感觉自己的心快被撕成了碎片，它好像是凝结的泪珠。音乐家斯达克评价道："像她这样将所有的情感都投入到演奏中，她的身心将无法承受。"1973年，二十八岁的杜普蕾在伦敦举办完最后一场演出后，因患多发性硬化症离开了舞台。

这首献给爱妻、哀悼因战争失去生命的协奏曲，充满了悲悯之情，让人怆然泪下。这首曲子诠释了在伤感中追忆过往时光、在困苦的生活中传递爱与信心，契合了当年人们对于战争创伤的心灵抚慰，让作曲家、演奏家与听众的泪水和思念融为一体，也让《E小调大提琴协奏曲》成为埃尔加的压轴之作。

在纪念杜普蕾的音乐会上，祖宾·梅塔指挥演奏《埃尔加大提琴协奏曲》。期间，他不禁泪流满面，哽咽道："今后我不再指挥这首曲子了，这是杜普蕾拉给自己的宿命之歌。"聆听这首协奏曲，你一定能感受到音乐中流露出的情愫：不管生命如何艰难地演绎，只要爱与美好长驻心中，就能让灵魂安静下来，慢慢地沉淀下内心的痛苦与忧伤。即便是命运多舛，也能鼓起生活的勇气。

协奏曲的慢板部分曾让我落泪，曾让我听到自己的感伤，曾让我体会到无论自己多么无助，都能够在旋律中、在心酸痛楚时看到希望。因为每一个音符都感人肺腑，都在倾诉着生命中的爱。

毕淑敏说："爱怕沉默。"许多人以为爱到深处是无言。其实，爱是很难被描述的一种情感，需要被详尽地表达和传递。"好爱爱，亲爱爱，我就如此地想，我的爱爱是世界上唯一的理想的爱人。""好爱爱，我再过五天就一定能看见你了！吻你，吻你万遍。"这是瞿秋白写给妻子杨之华的书信。"志兰！亲爱的：别时容易见时难，分离二十一个月了，何日相聚？念、念、念、念！"这是左权将军牺牲前三天写给妻子的家书。

你多久没有对妻子说过甜蜜的话语了？你多久没有和妻子一起重温甜蜜的岁月了？生活有时真的需要仪式感。去浪漫吧！否则，你会错过很多美好，而这些美好，它原本就应该属于你。

只要用心去经营平淡琐碎的生活，柴米油盐酱醋也可以变得多姿多彩。一张简单的卡片、一句暖心的话语、一次短途的旅行，都能表述情感，展现诗意。仪式感不是做给别人看的，不必穷讲究，也不必矫情做作。一个小心思、一点小用心，简简单单，就能让对方感受到你的真心，收获意外的惊喜。

　　人是情感动物，生活中总有这样或那样的烦恼，身心疲惫时需要"心情调味剂"，就如同在苦涩的咖啡中加上一块糖。仪式感带给彼此的是一份心灵的归属感。

　　情人节就要到了，就让埃尔加的音乐来感召有情人吧，让曲奇的香甜和"爱的致意"去温暖彼此的心……

醺　然

　　友人邀我去其家中做客，他的家是一处颇有韵味的老台门。走入宅院，两位老人迎了过来。多年不见，友人的父母依旧精神矍铄、鹤发童颜。这个院落是在祖屋的基础上改造而成的，虽说是修旧如旧，可如今已完全脱胎换骨。

　　踏进月洞门，我进入了儒雅的小庭院，这里紫藤飘花，竹影婆娑，红葤菡萏，天光水影。仲春时节，在这方悠闲恬静、鱼戏莲叶之地品茗赏花，别有一番韵致。黯旧的窗棂、斑驳的木雕，记录着岁月的沧桑，转角处的美人靠，让人不禁想到手摇纨扇的仕女，平添了一缕思古之幽情。

　　古色古香的书斋，是主人修身养性之地，书案、博古架的摆设，散发着翰墨的清香。在深谙庭院艺术的友人的匠心独运下，这个庭院蕴涵着风雅的气韵与倦鸟归林的情怀，徜徉其间，我有一种超然物外的心境。

　　点上一支烟，喝上一盏茶，人也好似杯中的龙井舒展开来。周作人说："喝茶当于瓦屋、纸窗下，清泉绿茶，用清雅的陶瓷茶具，同二三人共饮，得半日之闲，可抵十年尘梦。"此刻，我同友人尽情地享受着午后的醺然之美，茶香袅袅，心如止水。

　　友人陪我到小镇逛逛，黄酒是当地的特产。走街串巷中，一个个挂着"酒"字招牌的旗幡，颇有古风之趣。浙东人称喝酒为"吃酒"，孔乙己就是在咸亨酒店站着吃的。

　　"老酒咪咪，小菜吃吃"是浙东人的口头禅。一壶酒，几个碗，就着豆腐干、茴香豆，大家坐在一起，便有了咪酒小酌的韵味。无怪乎孔乙己说："不多不多！多乎哉？不多也。"

走入一家小店，我俩在侧厢房的方桌旁坐下。环顾四周，吃酒的人还真多，有围在一桌谈笑风生，畅怀大吃的，也有一个人嚼着茴香豆，小酌小吃的，还有站在柜台边，"咕噜"一通，留下酒香而走的。

堂倌递上两碗盛着满满的黄酒，我呷了一口，酒醇厚绵滑，半碗下肚后，夹一块臭豆腐咀嚼，嘴中竟有酒醅之回香。友人笑道："茶之雅韵，在于心静，酒之洒脱，在于心醉。喝茶时，细品回甘，叹人生如茶，喝酒时，一饮而尽，不牵肠挂肚。茶酒之说，然也。"

我想起了陆游的诗句："乱插酴醿压帽偏，鹅黄酒色映觥船。醺然一枕虚堂睡，顿觉情怀似少年。"老酒穿肠，诗人醺然，对酒当歌，酣然而眠，犹如回到年少时。

与友人一来一"碗"，我便有了些醉意。望着来来往往的吃酒人，听着热热闹闹的吃酒声，沉浸在飘逸的酒香里，我的心中涌动出一丝莫名的温暖，一种小镇的温柔，如酒般馥郁，如茶般淡雅……

酒仙李白说得好，"但使主人能醉客，不知何处是他乡"。与友人一道畅饮，下肚的黄酒让我也不知自己是在他乡了。

诗意的世界

朱自清在他的散文《莱茵河》中写道："游这一段儿，火车却不如轮船，朝日不如残阳，晴天不如阴天，阴天不如月夜。月夜，再加上几点儿萤火，一闪一闪的在寻觅荒草里的幽灵似的。这一带不但史迹多，传说也多。最凄艳的自然是脍炙人口的声闻岩头的仙女子。"朱自清笔下的"仙女子"就是著名的罗蕾莱水妖。西方的美人鱼大多源于这位生活在莱茵河里的水妖。

德国作家福凯的童话《温蒂妮》讲述了水妖温蒂妮与骑士之间的凄美爱情故事。徐志摩将其译为《涡堤孩》，其名与英文"water"谐音，意为海的女儿或水妖。安徒生的童话《海的女儿》更是家喻户晓。小美人鱼救下了心爱的王子，为了和王子在一起，她不惜将自己美妙的嗓音交给了巫婆，换来了一双漂亮但走起路来如刀割般疼痛的双腿。可王子最终与邻国公主结婚，善良的小美人鱼为了不伤害王子，纵身跳入大海，化成了泡沫。

水妖的传说也是众多音乐家创作的源泉。电影《美丽人生》中的《霍夫曼船歌》，就源于奥芬巴赫著名的《莱茵河水妖》序曲。瓦格纳歌剧《尼伯龙根的指环》的序幕则是由住在莱茵河尼伯龙根的三位水妖拉开的。斯美塔那在他的交响诗《沃尔塔瓦河》里写道："月光下，水仙女唱着美妙的歌，在浪尖上嬉戏。"每当音乐响起，这条河流便飘起了迷人的旋律。德沃夏克的歌剧《水仙女》，讲述的也是一段水妖与王子的爱情悲剧，其中最为优美的咏叹调"月亮颂"也是电影《廊桥遗梦》中的插曲。

朱自清在散文中提到了好友淦克超翻译的海涅的诗作《罗蕾莱》。

"传闻旧低徊，我心何悒悒。两峰隐夕阳，莱茵流不息。峰际一美人，粲然金发明，清歌时一曲，余音响入云。"绝妙的翻译，让莱茵河畔的传说有了中国古风之美、汉乐府之味。

古老的中国，同样也有着水妖的传说。《山海经》中的赤鱬、氐人以及《搜神记》中的鲛人都是东方的美人鱼。中国版的人鱼之恋更为情真意切、美满幸福。蒲松龄笔下的白秋练是白鳍豚精，慕蟾宫则是一位才貌双全的书生。慕公子月下吟诗，美人鱼慕其才华，害了相思病。几经周折，他们终成眷属，满足了中国人"团圆"的美好情结。

越剧传统剧目《追鱼》与《海的女儿》非常相似，机灵可爱的鲤鱼精红绫为了和心爱之人在一起，心甘情愿变成凡人。不同的是，小美人鱼面对的是邪恶的巫婆，而鲤鱼精则幸运地遇上了大慈大悲的观世音。王文娟的经典唱腔《张郎你听我从实讲》，我仍记忆犹新。鲤鱼精红绫面对爱情敢于争取，才有了最终的美好结局。在这一点上，外国的美人鱼则显得卑微又委屈。看来神话中的爱情追求，东方似乎比西方更加积极主动。

有一年路过海阳凤城，漫步在万米海滩，我不禁想起了王小波笔下的"山东海阳县葫芦公社地瓜蛋子大队"。想必妖妖就是在这里溺水身亡的吧。小说《绿毛水怪》中男女主人公之间的感情是多么至纯至真。

陈辉和杨素瑶从小青梅竹马，"文革"知青插队时分开，陈辉听闻杨素瑶溺水而亡，痛苦不堪。一次意外的相遇，他见到了变成绿毛水怪的杨素瑶，为了和妖妖生活在一起，陈辉渴望变成水怪中的一员。然而一场大病，他错失机会，最终与心爱之人失之交臂。杨素瑶刻在礁石上的那句话："陈辉，祝你在岸上过得好，永别了。"让人为之动容。

这是一个写给成年人的童话。当年的李银河就是在这一本爱情的桃花源中，痴情于王小波。王小波病逝后，她说："我的小波就像妖妖一样，他也许在海里，也许在天上，无论他在哪里，我知道他是幸福的。"

"我想念你，我想起夜幕降临的时候，和你踏着星光走去。想起了灯光照着树叶的时候，踏着婆娑的灯影走去。"这是王小波写给李银河的书信。曾经相伴的日子是多么美好！王小波在小说《万寿寺》的结尾处写道:"一个人只拥有此生此世是不够的,他还应该拥有诗意的世界。"

虽然在这个世界上,我们终将失去心爱的人,但在精神的世界里,相伴的日子依然可以如诗般美好。

品香悟道

　　回家乡参加老舅母百岁寿诞庆典，表亲邀我去云水山房闻香品茗。望着青烟浮动，缥缈香霭中我不由得想起中国美术学院院长许江先生的散文《如庐之香》。

　　我曾慕名前往西湖北山路探访如庐，那是一座隐逸于山林的清幽院落，粉墙黛瓦，古雅而拙朴。朱熹在《香界》中写道："真成佛国香云界，不数淮山桂树丛。"在如此幽静的沉香堂中品香悟道，无怪乎许江先生的美文让人如痴如醉。

　　香霭缓缓浸入鼻间，沁入肺腑，沉醉中似有一缕古风，淡淡的、盈盈的，牵着我飘然而去，心无挂碍，平和而安宁。

　　晏殊诗云："翠叶藏莺，朱帘隔燕。炉香静逐游丝转。"静静之炉香，游丝般缭绕，可安神开窍、澄心静虑。焚爇沉香，时浓时淡，亦如人生过往。纵使烦恼三千，看淡皆如云烟。

　　焚香、品茶、挂画、插花，乃宋人四艺。蒋勋先生说："宋朝的文人可以很悠闲，可以很潇洒，最重要的是，他们有一种生活的品位。因为他们懂得生活，他们是真正'慢活'的老祖先。"

　　观宋人《西园雅集图》，苏轼、米芾等士大夫吟诗作画，翰墨生香，炉中一缕云烟，淡淡散开。米芾在《西园雅集图记》中写道："水石潺湲，风竹相吞，炉烟方袅，草木自馨，人间清旷之乐，不过于此。"此时，静坐于沉香漫溢的云水山房，我仿佛隔着时光，幻化在千年的香之风雅中。

　　《焚香》诗曰："炉烟袅孤碧，云缕霏数千。悠然凌空去，缥缈随风还。"古人点上一炉香，心中的浮尘便随着袅袅青烟，缥缈而去。他们或静坐，或抚琴，一缕馥郁沉香，升腾弥漫，一段修行由此开启，于是氤氲的气息至净至纯，没有了一丝的杂念，内心也得以平静。

《焚香》亦云："明窗延静书，默坐消尘缘。即将无限意，寓此一炷烟。"父亲每每手书心经，总要沐手焚香，亦如许江先生所言，香得绵长空寂，蕴含着一份珍贵的解脱，那一缕香，沉在心底，与心相安。

品香亦如品人生，袅袅岚烟迂回曲折，创业也莫过如此，云水山房已闻名遐迩，然创业之途亦有曲折。

表亲的企业正在转型，破茧而出需要勇气，待羽化成蝶、华丽转身之时，便是一种珍贵的解脱。

沉香为瑞香科乔木，树茎受到创伤后分泌出树脂，其伤口在自我修复过程中，遇真菌感染结成瘤状疤痕，于经年累月中完成沉香的转变。其实，创业人的自我修炼不正是如此吗？

品香的魅力在于专注，只有慢慢品才能感受到大自然的气息，而人生的魅力在于本心，只有在希望与挫折中孜孜以求，才能品味到成功的喜悦。

第三篇　沙溪春色

沙溪春色

　　袁枚在《春日郊行》中写道："二月郊行最有情，青山带雨画清明。"初春的一个傍晚，霏霏春雨，潇潇而落，我独自一人在沙溪河畔散步。

　　雨中的草坪一片新绿，岸边的柳树已抽出嫩绿的枝条，在春风中飘拂，轻轻地撩弄着河水。边坡上的青青翠竹、丛丛藤蔓被春雨滋润得碧绿透亮。静静的沙溪就像一条淡绿色的绸带，笼罩在一片茫茫烟雨中。

　　踏着春雨濡湿的青石板，欣赏漫天飘飞的雨丝，聆听雨点滴答的天籁之音，我忽然想起《庄子·齐物论》中的那句"汝闻地籁而未闻天籁夫！"庄子倡导"返归自然"，认为大自然之声方为"天籁"，这应是中国古代最朴素的生态理念。

　　"师傅，帮个忙吧。"一位老者的声音打断了我的思绪。迎面而来的是位扛着工具的园林工人，我随手将他掉在地上的水壶拾起。交谈中得知，这位老师傅是土生土长的本地人。"现在的河水更清了。"老师傅朴实的话语深深地感染了我，他的眼中仿佛泛着沙溪的清韵。

　　闽江上游的沙溪沿着市区的绿色长廊蜿蜒流淌，宋代李纲谪居沙县时曾写下"平溪渌净见游鱼，十里无声若画图"的诗句。绿水青山是这座城市的灵魂。放眼望去，两岸绿荫如盖，芳草萋萋，满眼苍绿。临河的亭台楼阁在一湾碧水的滋润下更显灵动。真可谓，人在绿中走，如在画中游。

　　清晨时分，空气中弥漫着花草的芳香，清新而甜润。人们漫步河岸或游走绿道，在鸟儿百啭千声中，逍遥于山水之间。绵延的绿道蜿蜒在虎头山腰，穿行于栈道，随手一拍，便是满屏的葱茏。在林荫流翠、蔓藤缠绕的天然氧吧吐故纳新，所有的尘埃似乎都被荡涤，只留下满怀的清新。

到了傍晚，人们把小桌小凳往河岸亭台一摆，惬意的生活便在清风盈袖中开启，或品茶，或聊天，或打牌。茶之韵，聊之趣，牌之乐，便在暮色中悠然而至。夜深人静时，灯火阑珊中的都市仿佛在沙溪的潺潺流水中，在轻风摇曳中，悠悠入梦……

正当我细思默想之际，远处飘来了欢快的春之声圆舞曲。朝前望去，一对对老年人正在梅列桥头下翩翩起舞。伴随着春天的旋律，淡淡的薄雾在水面上袅袅升起，似舞动的轻纱，婀娜飘逸。

柔密的细雨从天际纷纷飘落，在清波碧水中，微微荡漾开来。远山近岭如黛如墨，河对岸的正顺庙掩映在绿树丛中，好一幅"暮雨潇潇江上村"的水墨画卷，充满春意，充满灵性，充满诗意。

不知不觉间，夜幕悄悄地降临了。华灯初上，沙溪两岸换上了迷人的晚装，霓虹璀璨，彩桥卧波。水面上波光粼粼，斑斓荡漾。徜徉在美轮美奂的光影里，我仿佛坠入绚丽多彩的星河中，如梦如幻，恍若仙境。

停泊在河堤边的游船也披上了七彩光色。船游沙溪，画舫凌波，已成为一道亮丽的风景。韦庄在《菩萨蛮·人人尽说江南好》中写道："春水碧于天，画舫听雨眠。"在丝丝春雨中，船上的人或品茗观景，或喁喁私语，多么温馨惬意。

杜甫诗曰："好雨知时节，当春乃发生。随风潜入夜，润物细无声。"今年的春天来得特别早，春意特别浓。春深、春绿、春色，是我对家乡最眷恋的情怀。

文化厦门

20 世纪 80 年代初，电影《小城春秋》的插曲《生命诚可贵》是广播电台经常播放的一首歌曲。李双江、钱曼华二位歌唱家将这首歌演绎得情深意长，令人难忘。时隔四十多年，我到厦门艺术剧院观看话剧《小城春秋》，重温红色经典。

《小城春秋》以民国时期的厦门为背景，描写了一批具有爱国主义和革命理想主义情怀的知识分子的精神风貌。尽管岁月流逝，但它所积淀的信仰力量历久弥坚。

在展现厦门风采的众多影视作品中，有一部 20 世纪 60 年代初的电影《英雄小八路》，其主题歌曲《我们是共产主义接班人》是中国少年先锋队队歌。当年的金门炮战震撼世界，何厝小学就位于炮火前沿。学校的少先队员不顾个人安危，帮助解放军做好后勤保障工作，"英雄小八路"的事迹被广泛宣传。如今，与金门岛隔海相望的环岛路游人如织，何厝一带的黄金海岸已成为一道亮丽的风景线。

厦门岛被誉为绝佳的外景拍摄地，从民国开始就吸引了众多的影视剧组前来取景拍摄。如今的厦门已是中国金鸡百花电影节的举办地。

厦门的文化人似乎很低调。民国时期白话文的首倡者、汉语拼音之父卢戆章，曾经被文化权贵以"身处南方方言地区无权过问国语运动"为由而排挤。现如今，拼音字母，注音识字，已惠及十几亿人，然而人们对卢戆章知之甚少。"北有《青春之歌》，南有《小城春秋》"是新中国文学史对这两部长篇小说的评价，高云览这位左联作家似乎知名度也不高。

舒婷在散文集《真水无香》中写道："鼓浪屿，我的生命之源。"我常想象她的院落该有一地的鸢尾花吧。当年丁建华、乔榛朗诵的《会唱歌的鸢尾花》深情且富有磁性，曾经带给我们诸多美好的回忆。她的寓所在鼓浪屿的巷弄里，但舒婷很少接受采访，或许她希望读者面对的是她的作品而不是她本人。

厦门的文化理性、谦和，就如同鼓浪屿那些不起眼的小巷，就如同小巷深处不起眼的林语堂故居，就如同林语堂那一副笑眯眯的样子。他说："人生在世，还不是有时笑笑人家，有时给人家笑笑。"

诗人郭小川在《厦门风姿》中写道："五老峰有大海的回响，日光岩有如鼓的浪声。"依山傍海，风景秀丽的厦门是一座宜居的城市。民国时期，许多文学大家旅居厦门。他们创作的名篇佳作，在中国近代文学史上留下了浓墨重彩的一笔。

南国的温暖，让鲁迅先生的《两地书》充满了温情，也让我们看到了"横眉冷对"笔墨下柔软的一面。巴金在《南国的梦》里写道："划子在海上飘动，海是这样地大，天幕简直把我们包围在里面了。我一直昂起头看天空，星子是那样多，她们一明一亮，似乎在给我们说话……"

与中山路交会的老街有很多条，水仙路、太平路、镇帮路……这一带的小吃很多，鱼丸汤、五香、油葱粿、土笋冻、蚵仔煎，等等，都是那个年代人们的所爱。百年老字号黄则和的附近就是钟楼，永安堂的虎标祛风油、万金油曾享誉东南亚，而胡氏兄弟创办的新加坡《星洲日报》和香港《星岛日报》更是声名鹊起，其中厦门的《星光日报》的社址就设在钟楼。中华人民共和国成立后的《厦门日报》曾在这里创刊。当年的郁达夫在《星光日报》发表了不少文章。

民国时期的《厦门大观》《新厦门指南》详细地介绍了厦门街头巷尾的特色小吃，读后，你完全能够想象那个年代"老字号"生意的兴隆，也仿佛能够听到沿街摊点的喧闹声、挑夫叫卖的吆喝声、蚶壳井旁孩童的追逐嬉戏声，以及阿公阿婆亲切的闽南话语声。

如今，行走在这些老街巷中，人们依然可以听到小贩的叫卖声，依然可以看到聚在巷口喝茶话仙的老人。品一品黄则和的花生汤，尝一尝桥亭巷的北仔饼，望着狗儿猫儿懒洋洋地打着盹，舒缓惬意的生活总是那么让人留恋。老街巷弥漫着的市井韵味、人文气息正是厦门文化之底蕴，它们诗意般地隐于巷弄里，人烟可寻。

汪国真曾说要在厦门安度晚年，只可惜天妒英才，他英年早逝。他在《鼓浪屿》一诗中写道："向你走来的，都是你的恋人；离你而去的，都是你的情人……"多么难以割舍的情怀。读着汪国真的诗句，我只想寻一处僻静，泡一壶清茶，执一本闲书，继续找寻厦门的文化、厦门的历史。

韵味泉州

　　到了泉州，我总喜欢去西街走走，开元寺也因此成了我时常光顾的地方。西街的韵味，在于多元文化的积淀，西街的厚重在东西塔。那些或宽或窄、或长或短的老巷，坐落着各式各样的古老建筑，似乎还在诉说着曾经的繁华与变迁。

　　开元寺有着丰富的人文内涵，凝固着大量的历史碎片。那棵一千多年的古桑，老干遒劲，盘根错节，枝繁叶茂。"桑开白莲"让开元寺蒙上了神秘的色彩。大雄宝殿的"桑莲法界"四个大字，记载了佛教历史的一段传奇。而寺内的古印度教石柱及狮身人面浮雕，更加彰显了刺桐城开放与包容的气度。

　　泉州古称"刺桐城"。刺桐树在泉州长得相当壮实，红彤彤的花朵就像熊熊的火焰，又如凤凰涅槃，恰似不屈不挠的刺桐精神。泉州的韵味就在于其跟时代抗衡后，顽强地留下了那些古老的文化印迹。

　　要了解泉州的历史风貌，正确的打开方式就是漫步于寻常巷弄，去感受不寻常的古城风情。古寺、古塔、古厝、古树，这些古韵古味承载着古城的历史。东西街、北门街、中山街，那些具有浓烈的闽南风格的建筑，总能和现代元素融为一体，这也正是古建筑魅力之所在。

　　在古城逛老街串小巷很是享受。甲第巷、井亭巷、金鱼巷、花巷，仅看路标上的巷名，就觉得很有味道，而闽南的古早味也隐于这些巷弄里。牛肉羹、面线糊、醋肉、咸饭、肉粽等，总能触动我的味蕾。或许是刺桐城的自由开放，让"市井十洲人"献出一道道各具特色的风味小吃，以回馈这座包容性的东方大港。

我去过好几回清源山，它给我最深的印象是满眼的"翠"。层层叠叠，浓淡相间的绿，充满着灵动，这是清源山最美的底色。清源山之盛名，缘于"老子天下第一"的老君岩。有关老子云游之后归隐何处的传说很多，历史上并无确切的说法。而清源山的这位老子，一坐就是一千多年，于是，便在道教文化中占了一席之地。

弥陀岩西南侧就是一代高僧弘一法师的舍利塔。塔前"悲欣交集"摩崖石刻，让人感慨，唏嘘不已，这是弘一法师的临终遗墨。他的"自处超然，处人蔼然"与老庄思想有着异曲同工之妙。正所谓"扫事境之尘氛，忘心境之芥蒂"。

暮色中的洛阳江波光粼粼，徜徉在洛阳桥上，我随手便可触碰到千年前打磨的花岗岩，这又是一种享受。迎面吹来的似乎就是唐宋的风，仿佛抬腿就能跟上宋朝年间繁华的步履。

历经风雨的洛阳桥见证了世事沧桑，它曾经的辉煌，它那波澜壮阔的海上丝绸之路，如诗如画，让人回味无穷。我不禁想起了余光中的诗句："刺桐花开了多少个春天，东西塔对望究竟多少年，多少人走过了洛阳桥，多少船驶出了泉州湾。"

泉州的美是古老的，是不那么轰轰烈烈的。它的一山、一寺、一桥、一街，甚至是一个小角落，都会安静得让你驻足。那些历史遗存下的碑文、雕刻，抑或巷弄飘来的南音都会吸引你的注意力。行走在泉州，我最大的心愿，就是让时光倒流，能够听到千年前开元寺的钟声，能够嗅到老君岩的香火，能够在承天寺里静静地喝上一盏茶，感受市井中禅的韵味……

古寺梅香

走进福州林阳禅寺，一股沁人心脾的梅香扑面而来，让我少了几许浮躁，多了几缕清雅之气。踏入天王殿，只见敞胸露腹、慈眉善目的弥勒佛，其坦荡的笑容中满是欢喜，殿内的"证无上法"横匾，为弘一法师题写。袅袅梵音，澄明润心，来此的人们似乎能抛开喧嚣，感受到尘世之外的人生况味与生命的本真。

古寺的现存建筑是明末清初的遗构，天王殿、大雄宝殿、法堂都以中轴线铺开，飞檐翘角，涌金溢彩。不过，我倒是觉得东西厢房的营造，要比主体建筑灵动得多，少了些端庄、拘谨之感，多了几许自然之趣。

沿着曲廊东行，阶墀层层，但见几株梅树探墙而出。园内的白梅似雪如霜，层层叠叠，弥弥漫漫。"漫扫白云看鸟迹，自锄明月种梅花。"禅房的柱廊上刻着郑板桥咏梅诗联，这一片宁静祥和的梅园，或许就是圆瑛禅师内心的精神家园。

梅花在红墙黛瓦的佛堂映衬下，更显古朴之禅意，清风徐来，冷香四溢，惹人陶醉。方外之域的梅花，或许是听着经声、沐着鼓韵悄然绽放的，特别平静、清幽。花骨朵深深浅浅，好似吉祥的贝叶经文，花萼黏着晨露，花蕊微醺着清香。

寺前的放生池，水面开阔、波光潋滟，池岸的梅花浅笑盈盈，红的、粉的、白的，尽态极妍，芬芳吐露，为冬日增添了一抹秀色。古寺钟声，悠悠回荡，点点花瓣，随风飘逸，大有"砌下落梅风起时，盈香满目皆菩提"之貌。

聆听梵音佛鼓，悠然之禅味如影随形，尘俗之忧似渐行渐远，内心清净而安宁。飘飞的落梅，灵动的暗香，让古寺充满着诗意。徜徉在梅林塔影间，我想起了王安石的诗句，"飞来山上千寻塔"。"千寻"二字，于香客而言，该是寻求佛缘吧。修禅，其实就是修心，而不是遁尘。让精神富足，让内心宁静，以平常心观天地万物，就可"不畏浮云遮望眼"。一如散文大家林清玄所言："以清净心看世界，以欢喜心过生活，以平常心生情味，以柔软心除挂碍。"

禅院石壁上镌刻的"一切放下"，是佛学之智慧，是一种生活哲学。平常心就是道，平常心就是菩提心，一如超尘脱俗的梅花，倚着隐隐钟声，携着缭绕梵音，清净自在不争春。

潇湘古韵

永州古称"零陵"，传说因舜帝南巡崩于宁远苍梧山而得名，因古城位于潇、湘二水交汇处，又称"潇湘"。陆游诗云："挥毫当得江山助，不到潇湘岂有诗。"

乘着渡船沿潇水顺流而下，但见远山如黛，绿水如眸。船过回龙塔、萍洲桥，就能望见状如一叶孤舟的萍岛。萍洲书院为湖湘四大书院之一，下船沿石阶走几步，抬头可见书院门庭上的"潇湘"二字，两侧的对联书有"洞庭有归客，潇湘逢故人"。永州是周敦颐的故乡，素有"理学源头"之尊称，潇湘便成了湖湘文化之根脉。书院之礼教德治，即便在今天，仍然不可或缺，以德治国仍具有现实的意义。书院创立的讲学之精神，自由宽松之学术氛围，亦值得借鉴。

萍岛有"潇湘夜雨""萍洲春涨"之美景，米芾曾赞誉其为"瑶台"仙境。萍洲书院内树木葱茏，绿蕉掩映，竹影婆娑。临江眺望，潇湘二水合流向前，雄浑壮阔之景尽收眼底。江上舟楫往来，白鹭翩翩，徐徐江风仿佛在述说着舜帝与湘妃的爱情故事。"潇湘"一词源于《山海经》，其《中山经》中写道："帝之二女居之，是常游于江渊。澧沅之风，交潇湘之渊。"

潇湘江水为娥皇、女英千里寻夫的殉情之地，"潇湘"寓含着凄美动人的传说。当年刘禹锡萍洲一游，睹物思人，写出哀婉缠绵的《潇湘曲》，而低沉凝重的古琴曲《潇湘水云》更是空灵澄澈，令人思绪万千。飘逸的琴韵似痴情的湘妃，曼妙的清音若蒙蒙的烟雨。"夜雨潇湘"为湖湘八景之首，古人夜航潇湘，望着霏霏细雨，常常触景生情。马致远在《寿阳曲·潇湘夜雨》中写道："渔灯暗，客梦回，一声声滴人心碎。孤舟五更家万里，是离人几行清泪。"诗人于字里行间道尽了人世间的相思与别离。文人心中的夜雨，其实就是伤感离愁的心灵之雨。

潇水西岸，有一条叫"冉溪"的支流。柳宗元被贬迁往永州时，曾在溪边筑屋居住，他认为自己太"愚"而遭贬，便将"冉溪"改为"愚溪"。柳宗元常常闲游、垂钓于怪石嶙峋的溪流间，将眼前的丘、泉、沟、亭等冠之以"愚"，称"八愚"，并写下《八愚诗》。他在《愚溪诗序》中写道："溪虽莫利于世，而善鉴万类，清莹秀澈，锵鸣金石，能使愚者喜笑眷慕，乐而不能去也。"

永州十年，柳宗元"施施而行""箕踞而遨""披草而坐"，陶醉于山水间，写下了脍炙人口的山水系列散文《永州八记》。在他被贬期间，永州的山山水水，让柳宗元落寞孤寂的灵魂得到了慰藉。他虽自称为"僇人""愚人"，却心系苍生，心忧天下。咏江雪、唱山水、叹捕蛇，成就了他在中国文坛中的地位，而南蛮之地的永州也从此名闻天下。

柳子庙是当地百姓为祭祀柳宗元而建造的，坐落在愚溪之滨，始建于北宋仁宗年间，为全国重点文物保护单位。整座建筑依山而建，飞檐翘角，庄严肃穆。精美的马头墙，精巧的藻井，精雕细琢的木刻、彩塑，无不彰显湖湘民间艺术的匠心独运。庙内石刻碑记匾额颇多，其中颂扬柳宗元事迹的荔枝碑，为韩愈撰文、苏轼书写，被誉为"三绝碑"，为金石珍品。

我踏着柳宗元的足迹，找寻钴鉧潭、小石潭，任思绪放飞。当年的美景虽不复存在，我仍能感受到潇湘古韵之气息。这里安放着古城的记忆。走近它，仿佛就能走进时间的长河里，就能触摸到历史的印迹、文化的印迹。

月 荷

"月光如流水一般，静静地泻在这一片叶子和花上。薄薄的青雾浮起在荷塘里，叶子和花仿佛是被牛乳洗过的一样；像轻纱的梦……"

朱自清的《荷塘月色》总给人一种朦胧的诗意美、一种穿越时空的陶醉感。

趁着月色，我来到永州三中校园内。"恩院风荷"为永州八景之一。清末，这里为群玉书院，唐刺史李衢曾在此建芙蓉馆，宋人改建"报恩院"，明代扩建为佛堂。堂前的池塘满是荷花，莲香四溢，故名"恩院风荷"。

月色笼罩下的碧云池静谧安宁，荷花像是披上了一层薄纱，光影中莲的色调柔美素雅、若隐若现，有一种超凡脱俗之清幽，让人心境平和、淡泊澄明。恩院丛林静，莲池月色摇。一条小木舟静静地横在月光融融的荷塘里，营造出一个迷离恍惚的仙境。

苏轼在《前赤壁赋》中写道："惟江上之清风，与山间之明月，耳得之而为声，目遇之而成色，取之无禁，用之不竭，是造物者之无尽藏也。"风月娱人，声色撩人，苏轼该是沉醉于月下的小船里吧；李清照想必也是在"月满西楼"时，"独上兰舟""误入藕花深处"而低吟浅唱的吧。

月之莲荷，娴静婉约，轻风微拂，曼妙婀娜。一如徐志摩的诗句，"最是那一低头的温柔，恰似水莲花不胜凉风的娇羞……"站在亭里凭栏眺望，水光潋滟，荷芰风清，如诗如韵。

阵阵蛙鸣声让月夜愈发寂静，似有一种隐于尘世之空灵。月与莲在水中荡漾着，亦似有说不完的绵绵情话，正所谓"深翠里，艳香中，月笼粉面三更露"。这是属于荷的恋爱季，所有的柔美都因荷的涟漪、莲的幽香，才有了藕断丝连的情愫。

月色皎洁无比，映出荷叶淡淡的倩影。赏荷的人三三两两，人影、月影，虚虚幻幻；水影、花影，影影绰绰。沉醉于此，亦真亦梦，恍若隔世。莲香氤氲，盈盈浮动，轻轻柔柔。如佛家所言，莲香可令人心生欢喜。当年，欧阳修"辄夜携客游"，赏荷、插荷、传荷，"坐花载月""传荷飞觞"；品花香、行酒觞，荷香、酒香浸润于月色之中；吟诗赋对，戴月而归……好一派风流雅兴，好一个二分明月醉欧公。

闲行于池畔，感受"荷花香染晚来风"之韵味，荷风、荷香，缥缥缈缈，忽隐忽现，若即若离。"剪一段时光缓缓流淌，流进了月色中微微荡漾，弹一首小荷淡淡的香，美丽的琴音就落在我身旁。"欣赏月下风荷的美妙韵律，聆听朱自清笔下的"梵婀铃上奏着的名曲"，需要一颗恬静的心。

夜未央，莲影香；花婆娑，清浅湾。细品月荷，带给人们的是悦心悦神、悦耳悦目的享受。

古里小镇

常熟古里小镇藏匿于河网纵横的乡野之间，不同于那些网红水乡，这里几乎没有游客。穿行于绵绵秋雨中，只有枯黄的落叶陪伴着我。雨水浸润的青石弄，朦朦胧胧，瓦檐口滑落的雨滴，顺着脚步声滑入眼帘，有韵律地跳动着，湿漉漉的砖墙、绿莹莹的河水，烟雨中的小镇清丽婉约、宁静而迷离。

走在老街食坊，雨雾中满是梅子、陈皮、姜根烫过的酒香味，桂花糖晃着黄澄澄的光泽，猪肘子挂着浓油的赤酱，炖煮的砂锅"咕嘟咕嘟"地飘着藕的清甜。莲藕收成的季节，荷花已尽凋零，过不了多久，便能留得枯荷听雨声了。

转过一个又一个巷口，路过一户又一户枕河人家，望着墙缝蹿出的野花，听着悦耳的捣衣声，看着邻家姑娘将洗衣水洒向水圳，不觉间，我便踩踏出一段慵懒惬意的时光。

烟雨迷离的水乡虽有些寂寥，那淡雅的书香却随雨声撩拨着心弦。走进铁琴铜剑楼，我仿若走入了书香古里，铁琴铜剑楼里的藏书不仅典籍丰富，且以精善著称，其宋元珍本、明清抄本颇多。瞿氏五代绵延，对善本名椠，广为搜集，手抄精刻，诗书传家。虽历经乱世兵燹之害，却书缘未断，秘籍精椠的传承，让小镇守着满室的墨香。

王维诗云："红豆生南国，春来发几枝。愿君多采撷，此物最相思。"寻访白茆红豆树是此行的主要目的。钱谦益和柳如是的归隐之所早已消失在历史的尘埃之中，这棵数百年的红豆树却依旧老干遒劲、枝繁叶茂。红豆树能够在常熟生长四百多年，其枯干腐枝仍可孕育出新株，可谓奇迹。柳如是本身就是一位奇女子，或许这红豆就是为河东君而生的。当年陈寅恪偶得白茆红豆，写出了旷世之作《柳如是别传》，真的是此物最"相思"了。也因此，这棵红豆树便有了独立、自由之风骨。

问世间情为何物，直教人生死相许。印象中江南的爱情故事，向来都是那么凄美动人，那么荡气回肠。钱柳间的爱情却为世俗所诟病，并没有多少轰轰烈烈与百转千回，而是隐于烟火人间，我想这才是最难能可贵的。钱牧斋仕途上的失意，成全了钱柳的田园生活，便有了虞山诗文、红豆雅集。也因此，这棵红豆树不仅有了花香，更传承了书香。

柳如是自缢之后，依照其"不踩清朝土"之遗愿，悬棺而葬于墓阁中，却不幸被钱氏族人逐出墓园。如今的河东君之墓在虞山南麓，墓亭楹联"浅深流水琴中听，远近青山画中看"道出了柳如是名字之由来。辛弃疾诗云："我见青山多妩媚，料青山见我应如是。"

金庸在《神雕侠侣》中写道："侠之大者，为国为民。"被陈寅恪赞叹具侠义之心并感泣不已的河东君，虽一身民族气节，却为封建社会的伦理纲常所不容。一代国学大儒正是被其英魂忠骨所折服，在晚年双目失明的情况下，为一烟花女子作传，笺释钱柳因缘诗，以诗证史，凭着坚毅之精神，为世人留下最后一部巨著。《柳如是别传》以红豆为缘，以红豆透视历史，"恸哭古人，留赠来者"。红豆情缘传递的文化和精魄，正是陈寅恪所倡导的"独立之精神，自由之思想"。

一座藏书楼，一棵红豆树，奕世载德，风流雅致，书香漫漫，恩泽后人。古里小镇，诗意栖居的文化家园，其沉甸甸的人文力量，让人不由地生出一种膜拜之感，其身后的历史沉浮与文化意象，值得我们探古寻韵，慢慢品味。

小　巷

　　"苏州的小巷是饶有风味的，它整洁幽深，曲折多变。巷中都用弹石铺路，巷子的两边都是高高的院墙……"这是陆文夫笔下的苏州巷弄。每次到苏州，我都会去小巷转转。这些小巷虽名不见经传，却古朴自然，没有熙攘和喧闹，便于我于喧嚣之外品味"陆苏州"的古城旧韵、世态人情。

　　陆文夫很像一位隐士，文坛上几乎听不到他的声音，他似乎隐身于《围墙》《小巷深处》，过着简单恬淡的生活。读陆文夫的作品，我总能想起家乡的小巷和市井生活。

　　家乡的那条小巷，也是用弹石铺路，不宽的巷道悠长而宁静，走路的脚步声能在巷弄内回响。斑驳的墙面上满是岁月掠过的痕迹，瓦檐上，墙角里，一丛丛苔藓，绿茸茸的。弄堂里有好几口井，记忆中的夏日就浸润在这凉凉的井水里。弹珠子、滚铁圈、打陀螺……口渴时，吊上一桶水，掬之饮之，一股清凉之气便从口中溢出，若是啃几口浸过井水的黄瓜，更觉神清气爽。

　　平日里小巷的门虽是开着的，却也无人打扰，只有木槿花不甘寂寞地绽放着，瓜藤也跟着悄悄地爬上墙角，随风摇曳，就如同陆文夫描写的小巷："墙上爬满了长春藤，紫藤；间或有缀满花朵的树枝从墙上探出头来。"

　　行走在苏州小巷，家家户户的门也总是虚掩着，空气中氤氲着代代花、白兰花的芳香。幽静深邃的弄堂，时不时飘来悠扬的琵琶声，伴着吴侬软语的江南小调，我不知不觉便沉醉于柔美的古韵之中。

姑苏人的慢生活让人羡慕。邀上几个好友，寻一处僻静，泡一壶清茶，细细地品着，听着评弹小曲，时不时地哼唱几声，这便是小巷中最惬意的光景了。

静悄悄的小巷、慢悠悠的生活、软绵绵的吴语，道出了与世无争的处世哲学，难怪历史上的苏州人在朝为官的不多。小巷深处的文人雅士却不少，从文衙弄的文徵明，到桃花坞的唐寅，再到海弘坊的金圣叹，比比皆是，陆文夫的寓所就在带城桥弄里。

如今的小巷已听不见陆文夫笔下"沙沙沙沙"的织机声，就如同家乡那"叮叮当当"的打铁声也已不复存在。不过老家的酒铺子，生意依旧红火，浓浓的酒香依旧弥漫在巷子里。而苏州的弄堂里，也还可见伏在绷架上的绣女，她们用一根根丝线绣出精美的花鸟鱼虫，传承着苏绣之韵味。

走进小巷弄的评弹馆，我虽听不懂唱词，却喜欢那"大珠小珠落玉盘"的曲调。陆文夫说："小说小说，其实就是在小处说说。"这跟苏州评弹很是契合。在琵琶和三弦声中，论世五千年，弹词儿女情。小而巧的评弹艺术，可包容万千世界，道尽人间百态。尤为感人的是，每每演出结束时，艺人会作揖致谢，目送所有观众慢慢离场，那份优雅的姿态，或许就是"陆苏州"的精致与神韵吧。

有些人觉得这些传统艺术已经过时了，可当你深入去体验、了解它，你就会感受到其中的文化魅力。时光流转，世事在变，却也从未改变，其实不变的，是你的心，就如同陆文夫的小巷，就如同家乡的小巷。

采石矶上太白楼

采石矶原名牛渚矶，位于马鞍山市郊。历史上这里是长江南北的重要渡口，自古为兵家必争之地，采石矶地势陡峭，石奇湍浏，山川秀美。

"天门中断楚江开，碧水东流至此回。两岸青山相对出，孤帆一片日边来。"《望天门山》就是李白初游采石矶时写下的。采石矶上有一座方亭，名曰"蛾眉亭"，因站在亭中眺望，可将旖旎的天门秀水尽收眼底，可见东西相对的梁山宛若双眉，故而得名。从蛾眉亭向上前行，不远处有一座古建筑群，那便是闻名遐迩的太白楼。

太白楼始建于唐元和年间，原名"谪仙楼"，又名"唐李公青莲祠"。现存的清代建筑楼高三层，分前后两院。前为太白楼，后为太白祠。整个建筑浑然一体，飞檐翘角，造型优美，给人以质朴、稳健之感。四周绿树成荫，苍松翠柏耸立其间。登楼眺望，天门远景依稀可见，孤帆隐隐，碧空悠悠。

李白一生自喻为大鹏鸟，不飞则已，一飞冲天；年轻时，他就有"济苍生、安社稷"的抱负，仗剑去国，辞亲远游，然而生不逢时，怀才不遇，在封建科举选士的年代，其理想化为泡影，可谓拔剑四顾，一片茫然。他只能寄情于山水，或咏灵山秀水，或忧国思民，或感叹人世沧桑，采石矶就是李白当年常游之地。他在这里唱咏，在这里泛舟，在这里发呆，在这里醉酒。李白在《夜泊牛渚怀古》一诗中写道："登舟望秋月，空忆谢将军。余亦能高咏，斯人不可闻。"他借东晋时期镇守牛渚的谢尚将军善于赏识人才的典故，感怀不遇，抒发了知音难觅、伯乐难寻的郁闷心情。

自从李白归葬当涂青山之后，这里便成了凭吊诗仙的游览胜地。历代文人骚客每每愿留下雪泥鸿爪。太白楼内现存有许多名流名士缅怀李白的碑刻诗画。二楼厅内一座木雕的李白半卧像尤为引人注目，塑的是诗人正在举杯饮酒的风姿。那鲜活的神态，有些微醉的自得，似乎还在回忆当年高力士为其脱靴、杨国忠为其磨墨的快意。"天子呼来不上船，自称臣是酒中仙"的狂放，恣意地显露出来。再走近些，仿佛可以感觉到他的呼吸，呼吸中还带着酒气，似乎沉醉于楼外的山水，沉醉于诗的意境。当年郭沫若登上太白楼，曾题诗云："我来采石矶，徐登太白楼。吾蜀李青莲，举杯犹在手。遥对江心洲，似思大曲酒。赠君三百斗，成诗三万首。"郭老的题诗，为太白楼增色不少。

　　生情耿直、不肯摧眉折腰的李白，晚年穷困潦倒。自从被流放夜郎，中途获释后，他又回到了采石矶，投靠其族叔——当涂县令李阳冰，采石矶成了他生命的归宿。关于李白之死，民间流传着一个美丽的神话故事，说的是李白在一个风清月朗的夜晚，独自在采石矶饮酒赏月，醉眼蒙眬，他被江上月夜所陶醉，他情不自禁地张开双臂，扑向水中的那轮明月，只见江中一头白鲸腾空而起，驮着李白向天边飞去……

　　采石矶上的联璧台，传说就是李白入江捉月的地方，因此又叫"捉月台"。李白一生与明月有着不解的情缘，"举头望明月""举杯邀明月""莫使金樽空对月"的诗句，无不说明诗仙对明月的钟爱。让其水中捉月而去，为浪漫的诗人披上了浪漫的色彩，也反映了人们对李白的缅怀和敬意。

梅岭古道

梅岭位于江西与广东的交界处。秦时，这里设有关卡，被称为"秦关"。自古以来，这里便是兵家必争之地。

唐开元年间，张九龄上奏朝廷，建议开拓山道，以畅通物流，发展经济。在张九龄的努力下，一条沟通长江流域和珠江流域的岭道开通了，商旅从此络绎不绝。后人在古道上兴建了"张公祠"和"夫人庙"，以纪念张九龄夫妇的丰功伟绩。北宋时期，岭上建筑关楼，岭道两旁广植梅树，便有了"梅岭""梅关"之称谓。

有一年，我路过梅岭古道，时值岭梅盛开，漫成一片花海。由于岭南、岭北的气温不同，古道上的梅花由南向北渐次绽放，暗香浮动，秀色迷离。催人欲醉的梅香，让我想起陆凯途经梅关时写下的诗句："折花逢驿使，寄与陇头人。江南无所有，聊赠一枝春。"那韵味独到的"一枝春"，深深地嵌入我的记忆，如今读来，依然散发着沁人心脾的幽香。

静谧清寂的六祖寺掩映在幽谷之中。"菩提本无树，明镜亦非台。本来无一物，何处惹尘埃"是和尚慧能作的偈语，禅宗五祖弘忍大师认为慧能悟到了佛性，便把衣钵袈裟秘传给慧能。继承了东山法门的慧能在梅岭隐居，终成禅宗六祖，禅宗文化从此在岭南发扬光大。

如今的梅岭古道仍有放钵石、卓锡泉等遗址。慧能的禅学公案体现了禅宗传承的智慧。世间万物，般若于心。禅之根本，在于"无一物"的本心。只要有一颗禅定之心，就会像梅花一样，清净自在，清香隽永。

岭南曾经蛮荒不化，经济落后。当年武则天的近臣宋之问被流放至岭南，曾写出"度岭方辞国"的诗句。在他看来，翻越庾岭，如同出国，宋之问伤感地写道："明朝望乡处，应见陇头梅。"诗人满怀愁绪地把梅岭纳入望乡的视野。韩愈因上书《论佛骨表》，被贬潮州，从秦岭蓝关到梅岭梅关。他在《左迁至蓝关示侄孙湘》中写道："云横秦岭家何在？雪拥蓝关马不前。知汝远来应有意，好收吾骨瘴江边。"，倾吐了遭贬的凄苦与悲愤。苏轼途经梅岭时，也写下了动情之作："不趁青梅尝煮酒，要看细雨熟黄梅。"苏轼以梅言情，人生的悲欢离合犹如酸甜苦涩的梅子，真是别有一番滋味在心头。

梅岭古道也是燃烧革命火种、记载烽火硝烟的地方。毛泽东曾两次率领红四军攻占梅关；彭德怀在梅岭一带指挥红五军团打败了敌人的围剿进攻；1934 年，红军主力通过逶迤的五岭北上，陈毅在这里坚持开展了三年艰苦卓绝的游击战争。行走在梅岭古道，陈毅的《梅岭三章》手迹碑刻赫然醒目。"此去泉台招旧部，旌旗十万斩阎罗"的盖世豪情；"南国烽烟正十年，此头须向国门悬"的壮怀激烈；"取义成仁今日事，人间遍种自由花"的赤胆忠心，谱写了一曲曲感天动地的革命赞歌。

青山巍巍，古道幽幽。踏在斑驳青石铺就的梅岭古道，我仿佛能触碰到历史的痕迹，感受到梅岭古道独有的人文神韵。

独坐敬亭山

"兹山亘百里，合沓与云齐"是南朝诗人谢朓歌咏敬亭山的诗句。

谢朓在古代诗歌发展史上有"继汉开唐"之功，是山水诗的开山鼻祖。梁武帝说："三日不诵玄晖诗，即觉口臭。"杜甫称："诗接谢宣城。"李白更是喜读谢朓的诗作，对谢朓融情入景的诗十分崇拜，曾赞叹："我吟谢朓诗上语，朔风飒飒吹飞雨。"

李白一生四处寻访谢朓的踪迹，曾多次登临谢朓楼。他远眺青山，俯探溪水，写下了"敬亭白云气，秀色连苍梧。下映双溪水，如天落镜湖"的诗句。李白在《秋登宣城谢朓北楼》中吟道："谁念北楼上，临风怀谢公。"他的《宣州谢朓楼饯别校书叔云》一诗被千古传唱，其中"抽刀断水水更流，举杯消愁愁更愁；人生在世不称意，明朝散发弄扁舟"更是悲壮豪放、脍炙人口。

李白一生仰慕谢朓，他终老后，归葬当涂青山，与谢宣城结下了不解之缘，实现了他"悦谢家青山"的遗愿，成为文坛的千古佳话。

谢朓在宣城当太守期间，经常游览敬亭山，写下了许多清新隽秀的诗作。刘禹锡诗曰："宣城谢守一首诗，遂使声名齐五岳。"敬亭山便是李白最留恋的地方，他在《游敬亭寄崔侍御》中写道："我家敬亭下，辄继谢公作。相去数百年，风期宛如昨。"谢朓的足迹，让李白流连忘返。

敬亭山古称"昭亭山"，这里群峦绵亘，茂林葱郁，翠竹修篁；山间云雾氤氲，溪流潺潺。敬亭山既不高大也不险峻，但清幽秀雅，小家碧玉，犹如天然去雕饰的乡野村姑，娴静柔美、楚楚动人。漫步在山间小道，一望无垠的茶林，高低起伏，绵延不断，好似一块块碧玉镶嵌在山谷之中，令人陶醉。

竹林深处，有一座皇姑坟，埋葬着唐明皇的胞妹玉真公主。一心修道的玉真公主好游名山大川，结交天下名士。李白的才华深得玉真公主的赏识。在这位公主与光禄大夫贺知章的极力推荐下，李白终于奉诏进京，入"翰林供奉"。但桀骜不驯的李供奉，终不为当朝权贵所容，被"赐金还山"。心情苦闷的诗人只能再次归隐山林，他辗转南北，跋山涉水，修仙访道。

李白在敬亭山漫游吟唱，久久盘桓。李白曾多次游历敬亭山，并留下了"众鸟高飞尽，孤云独去闲。相看两不厌，只有敬亭山"的千古绝唱。人看山，山看人；相看两不厌，相悦两生情。物我两忘的唯美诗句，深深地打动了玉真公主。安史之乱后，玉真公主隐居敬亭山。

李白与玉真公主之间的情缘，流传甚广，"相看两不厌"是否蕴含着他对公主的思念，无从考证。也许李白把这一份情感深藏在心里，守护了一辈子。李白在《寄从弟宣州长史昭》中写道："常夸云月好，邀我敬亭山。五落洞庭叶，三江游未还。相思不可见，叹息损朱颜。"这其中的相思之情，容后人慢慢揣摩。

受谢朓、李白名人效应的影响，盛产宣笔、宣纸的文化名城成了众人的聚集之地，历代文人比肩继踵而来。"愈有别业在敬亭"说的是韩愈晚年居住在敬亭山不愿离去的趣事。梅尧臣诗云："李白不厌昭亭山，看尽飞鸟云独闲。我今相送一怀想，想在谢公窗户间。"人文荟萃的宣城被誉为"自古诗人地"，敬亭山也成为"江南诗山"。

陈毅当年挥师皖南，途经宣州时动情地写下："敬亭山下橹声柔，雨洒江天似梦游。李谢诗魂今在否？湖光照破万年愁。"在戎马倥偬之际，陈毅仍能写出如此优美的诗句，革命者的乐观与浪漫情怀令人称道。

独坐敬亭山，赴一次心灵之约，好生惬意。

春晖园

　　我对春晖园的仰慕，缘于民国时期的白马湖散文流派。如果有人告诉你，曹禺的话剧《雷雨》就是在这里首演的，如果你看到蔡元培、朱光潜、叶圣陶等大师的课程排表，你或许以为这是某所知名大学，其实这里就是一所乡野学校。

　　上虞这地方人杰地灵，人文景观颇多，而我心遂向往之地，便是白马湖畔的春晖中学。

　　秀美恬静的白马湖一如朱自清所描写的那般："湖将山全吞下去了。吞的是青的，吐的是绿的，那软软的绿呀，绿的是一片，绿的不安于一片；它无端的皱起来了。如絮的微痕，界出无数片的绿；闪闪闪闪的，像好看的眼睛。"

　　信步于岚霭蒙蒙、波光粼粼的山水间，不远处便是当年丰子恺笔下的一片白墙黑瓦。他在白马湖春晖中学的小杨柳屋里开始了他的漫画创作。这里芳草青青、杨柳依依，李叔同也在那长亭古道边写出了《送别》，晚晴山房的钢琴透着流年的尘埃，浸润着那个时代的气韵。

　　踏过春晖桥，我走入春晖中学，扑面而来的是浓浓的人文气息；徜徉在静谧的春晖园，时光仿佛穿越回那个年代。仰山楼、西雨楼、曲院，这些富有诗意的建筑，中西合璧，红檐黛瓦，轩窗回廊，曲径通幽。置身于绿树掩映、古朴雅致的世外桃源，我有种"不知今夕是何年"之感。

　　登上曲院"咿呀"作响的楼梯，举目远眺，阳光透过树荫洒下了那个年代斑驳的光影，我仿佛在课堂上聆听诸位大师的教诲，好似随着柳亚子诵读华美的诗篇，又似乎跟着于右任感悟书法的魅力，这是多么美妙的时光啊！一批名满天下的文学艺术大师，在春晖园书写了一段民国教育的传奇。

"春晖"之名取于孟郊的"谁言寸草心，报得三春晖"。浙东人素有报答桑梓的情怀，这所乡野学校就是由当地富绅兴办，采用校董事会的运作机制。"与时俱进"是春晖中学的校训，"平民教育、人格教育、美学教育"是其办学之宗旨。这种不受传统桎梏的新式教育理念，吸引了众多的硕彦名儒聚集于此，春晖园一时群贤毕至，让人景仰。

一代先贤名师舍弃都市的繁华来此偏僻乡野，践行新教育，推广新文化，白马湖散文流派由此发轫，他们的足迹在近代文化历史上璀璨夺目，留下了华彩的篇章。春晖园无疑是中国文化教育的一座丰碑。

希望"春晖"的思想能够薪火相传。

悠悠放鹤亭

在我国的传统文化中，鹤象征着吉祥、幸福与长寿。在文人的笔下，鹤悠然俊秀、恬淡空灵。信奉道教的人，则痴迷于鹤的仙风飘摇与超尘洒脱。

无论是文人雅士还是平民百姓，都对鹤情有独钟。人们养鹤、放鹤、爱鹤，在鹤的身上寻找精神寄托。

说到鹤，人们会想起苏轼的传世之作《放鹤亭记》。苏轼笔下的放鹤亭犹如梦幻仙境："春夏之交，草木际天；秋冬雪月，千里一色；风雨晦明之间，俯仰百变……"

放鹤亭位于徐州云龙山，为北宋隐士张天骥所筑。云龙山层峦迭起，岩壑灵秀，山势峥嵘。相传刘邦曾隐于此山，人到哪，祥云就跟到哪，状如云龙，故名"云龙山"。

张天骥号"云龙山人"，与苏轼关系甚厚。张山人养有两只鹤，他每天早晚在草亭上放鹤、招鹤，过着躬耕自食、逍遥自在的隐居生活。

苏轼在徐州任太守时常去拜访"云龙山人"。二人临风把酒，谈天说地，两只鹤则在山谷间自由翱翔。苏轼触景生情，挥毫写下了沉博绝丽的《放鹤亭记》，道出了他醉心山野，向往仙鹤般悠闲自在的生活。闲云野鹤之情成为云龙山放鹤之绝唱，放鹤亭从此闻名遐迩。

沿着云龙山拾级而上，我来到了张天骥当年居住的地方。月门上题有"张山人故址"，为清代徐州知府田庚所书。院内古树婆娑、清静幽深；庭院东侧的放鹤亭，山墙挑檐、青砖灰瓦，显得清幽而雅致。

放鹤亭一侧是饮鹤泉，原名"石佛井"。苏轼赞誉："闻道君家好井水，归轩乞得满瓶归。"传说，秦始皇南巡时看到云龙山乃卧虎藏龙之风水宝地，于是他下令在此凿井以断龙脉。有趣的是，秦始皇破"天子气"的做法并未阻挡刘邦的崛起，秦朝最终还是灰飞烟灭，而这口井却为张山人养鹤之用。

20世纪50年代初，毛泽东登上云龙山。他听了饮鹤泉的传说后，说道："事是荒唐，但能在山上凿出水来，则是劳动人民的智慧和创造。"

饮鹤泉旁高台处有一座精致小巧的招鹤亭。《放鹤亭记》中的招鹤之歌曰："鹤归来兮，东山之阴。其下有人兮，黄冠草屦，葛衣而鼓琴。躬耕而食兮，其馀以汝饱。归来归来兮，西山不可以久留。"其结尾句"归来归来兮，西山不可久留"据说曾作为逮捕"四人帮"的行动联络暗语。看来，吉祥之鹤的确给我国人民带来了福祉。

云龙山是一座历史文化名山，集石刻文化、建筑文化、佛教文化于一身。千年古刹兴化禅寺香火鼎盛、梵音袅袅，尤其是北魏时期的石佛造像更是弥足珍贵。山上摩崖石刻众多，东坡石床下的崖壁上刻满了文人墨客的诗词题赋。

"云龙山下试春衣，放鹤亭前送落晖。一色杏花三十里，新郎君去马如飞"是苏轼陪同好友游览云龙山临别时写下的诗句。自此以后，云龙山下的杏花村声名远扬，大士岩前两侧也就有了充满诗意的试衣亭和送晖亭了。

徜徉于放鹤亭的碑廊内，我诵读着《放鹤亭记》的碑刻，仿佛置身于人间仙境，悠然兴步于闲庭，又如仙鹤般飞翔在云水间……

逍遥于林间，飘逸恬静，琴鹤相谐，是我的梦想。

二泉吟韵

　　"独携天上小团月，来试人间第二泉。"苏轼的诗句，让人对惠山泉格外向往。古代文人雅士每每来到惠山，总要留下诗文。相传印度僧人慧照来此山传法，遂称此山为"慧山"，后又改为"惠山"。这里古树参天，林石幽秀，淙淙不断、潺潺有声的惠山泉让茶圣陆羽为之倾倒，并盛赞其为"天下第二泉"，"惠山泉"由此闻名遐迩。

　　陆羽在《茶经》中说道："山泉为上，江水为中，井水为下。"文徵明曾结伴好友，于惠山泉处"注泉于鼎，三沸而啜"，并留下《惠山茶会图》这一书画珍品。惠山寺僧人则自制竹茶炉，用二泉水煮茶招待客人。历史上为"竹炉山房"题诗作画的存世作品亦弥足珍贵。

　　惠山古镇，祠堂林立。李绅、司马光、范仲淹、倪瓒等名字个个耳熟能详。祠堂是惠山历史文化的一个缩影。鳞次栉比的祠堂有些已成为文博馆，有些则辟为各具特色的茶坊。漫步于古镇，随处可见茶香四溢的馆舍隐于一隅。人们坐在椅子上，泡一壶香茗，聊天打牌，打发慵懒时光。

　　无锡茶商大都售卖雪芽与碧螺春，这两款都是陆羽喜好的优质茶，而苏轼诗中的"小团月"则是蔡襄在建瓯为仁宗定制的一款茶饼。《茶经》道："上者生烂石，中者生砾壤，下者生黄土。凡艺而不实，植而罕茂，法如种瓜，三岁可采。野者上，园者次。"这似乎跟文学艺术的创作环境颇为相同，"动荡生不朽"。那些位处文学巅峰的经典佳作大都源于苦难。

　　当年苏轼因为乌台诗案被贬黄州，写下"大江东去，浪淘尽，千古风流人物"的不朽诗句。诗人遥想周公瑾，感慨人生的无常，历史就像那滚滚东去的长江，千古英雄就如同拍打岸边的浪花，转瞬即逝。年轻时听阿炳的琵琶曲《大浪淘沙》，我总觉得不够大气，既然是大浪淘沙，就应该有波涛汹涌的气势，后来才渐渐理解，阿炳是看透了世间的变幻，曲调才显得柔中带刚。

倪瓒祠就在范文正公祠的近旁，庭院内花木扶疏，假山堆叠。厅堂挂着他的传世之作《江亭山色图》。萧瑟山野，茫茫寒江，近处的坡岸用皴法处理，隐约的远山，空灵缥缈。草亭临水，空无一人，清寒孤独之感油然而生。这幅作品描述的正是画家孤独的心灵和漂泊的灵魂。元代废除科举，汉人地位卑微，士子便写词写曲、画山画水，以笔墨言志。这个时期的文人画达到了一个高峰。文人画其实就是对作者心灵的真实写照。在那个年代，倪瓒没有卑躬屈膝，而是隐逸山林，他时常思念故土，抒怀愁绪，坚守着士子的尊严，忧郁孤愤中的家国情怀，成就了他艺术上的辉煌。

苏轼与倪云林悲凉的心路历程，就如同阿炳的《二泉映月》，浸着世间的沧桑，屈辱、悲愤的曲调中，带着沉思与呐喊。不同朝代的两个文人似心有灵犀。苏轼吐胸中之郁闷，倪云林泄胸中之郁气。苏轼道："人生百年如寄耳"；倪云林叹："吾生如寄欲何归"。两人都用"寄"顿悟人生。他们的作品总是透着孤独、磨难与寄托。

二泉附近的荷轩是赏荷的好去处。行走在荷轩的曲廊上，但见假山层层叠叠，别有韵味；细品荷花，隐有清香，沁人心脾；穿过竹炉山房，我来到了惠山寺的听松亭，亭中横卧一石，名"听松石床"。当年李阳冰曾卧于石床上静听松涛，写下"听松"二字。

传说金兀术被岳家军打得丢盔弃甲，躲至石床，忽然风声四起，松涛阵阵，心惊胆战的金兀术以为中了岳飞的埋伏，便落荒而逃。阿炳由此谱下激昂豪迈，气吞山河之《听松》，这也是我最喜欢的二胡曲子。

小泽征尔曾用"断肠之感"来描述《二泉映月》，而《听松》则把二胡这一苍凉的乐器反转到了极致，曲调刚劲有力，满怀激情。

古镇的泥人作坊很多。大阿福的形象总是笑容满面，没有苏轼、倪瓒、阿炳的悲苦。脸蛋圆滚滚的泥娃娃抱着像狮又像虎的瑞兽。据说，这只瑞兽能够带来平安与吉祥，所以当地人给他起了个名字叫"大阿福"。

来惠山的人都要带一个憨态可掬的"大阿福"回家，我也一样，希望把福气带回家。

钟鸣激荡石钟山

石钟山壁立千仞于长江之滨、鄱阳湖口，因其地势险要，故在历史上为兵家必争之地。

石钟山是英雄辈出的地方，百万雄师正是从江阴至湖口突破国民党的长江防线。周瑜、朱元璋、陈友谅等也在这千年古战场上鏖兵征战，演绎出一幕幕金戈铁马、荡气回肠的英雄故事。

石钟山因何得名，历史上言人人殊，各执己见，至今仍无定论。"下临深潭，微风鼓浪，水石相搏，声如洪钟。"这一中学时熟读的句子是北魏郦道元的观点。唐代李渤则将潭边的两块石头相击之，声音清脆而响亮，"石钟山"便因此得名。

到了宋代，苏轼携其子月夜泛舟于石钟山绝壁下，闻"大声发于水上，噌吰如钟鼓不绝"并发现"山下皆石穴罅，不知其深浅，微波入焉，涵澹澎湃"，从而写下传世之作《石钟山记》。苏轼写道："叹郦元之简，而笑李渤之陋。"他身体力行、寻声探源的求实作风，与"事不目见耳闻，而臆断其有无，可乎？"的思想一直为后人称道。

八百多年后，湘军儒将彭玉麟驻防湖口，曾陪同曾国藩乘舟探访石钟山崖壁。他们认为石钟山是空的，如钟卧地，状如石钟。而民间神话则说："玉帝建凌霄宫时，一神钟不慎掉落于鄱阳湖畔，乃上天之造化。"如今，有关石钟山"声""形"之辩仍是仁者见仁、智者见智。

石钟山扼江锁湖，危崖高耸。大自然的鬼斧神工造就了石钟山形之奇伟、声之奇特。登高远眺，长江浩浩荡荡，鄱阳湖碧波万顷。"江湖"之地，泾渭分明，"江水"不犯"湖水"之景观令人叫绝。远峰起伏，烟云缥缈；水天相连，无边无际。亦如明代诗人王英所云："五老云中出，九江天际来。惊涛撼岩石，万壑鼓风雷。"

站在江天一览亭，但见白帆点点，舟楫来往，渔舟唱晚，气象万千。历史上许多文人墨客登临题咏，留下了众多的摩崖石刻。苏轼咏道："我梦扁舟浮震泽，雪浪摇空千顷白。觉来满眼是庐山，倚天无数开青壁。"苏轼这是棹一叶扁舟，泛游于湖山碧水间。他神往"青壁倚天""雪浪摇空"的山山水水，欲在缥缈的云水中安度晚年。

石钟山不仅自然风光秀丽，而且园林建筑也别具一格。紫云长廊收藏着魏征、黄庭坚等历朝历代书法碑刻，是翰墨石刻之珍品。以昭忠祠为主体的古建筑群，为清代修建。漫步其间，但见林木葱茏，翠竹修篁，藤蔓曲折。亭台、楼榭、庙宇、曲廊等建筑依山就势，高低错落地掩映在绿树红花之中，布局精巧，清幽古雅。

浣香别墅院内镶嵌着苏轼"梅兰竹菊"的长条形碑刻，古趣盎然。走过听涛眺雨轩，步入芸芍斋，其斋联十分应景："好花香腻锦囊肥，红翻芍圃；芳草情绵书带瘦，红锁芸栏。"来到且闲亭，亭前石壁上的"云根"二字赫然醒目。转向蜿蜒通幽的石砌曲桥，迎面是"桃花洞口，渔人精舍"。洞壁题刻众多，其中三个不同字体的"梦"字，把人们引入世外桃源的梦幻仙境，真是别有一番洞天。

石钟山最富有诗意的建筑当属梅花厅。彭玉麟一生对梅花情有独钟，他与安庆外婆家的养女梅姑从小青梅竹马、情趣相投，但有情人难成眷属。梅姑英年早逝后，彭玉麟悲痛万分，在石钟山顶修建了梅花厅，以纪念心中的恋人。整个建筑状如盛开的梅花，厅内地面上刻有精致的梅花图案。彭公曾在梅花厅写了一百首咏梅诗，四周种下六十棵梅花树。因此，梅花厅又名"卧雪吟香之馆""六十本梅花寄舫"。

"一生知己是梅花，魂梦相依萼绿华。别有闲情逸韵在，水窗烟月影横斜。"外表刚强，内心却柔情似水的彭玉麟把一生的情感系于梅花，为石钟山平添了几分凄美与浪漫。

怀苏亭前怀苏轼。怀苏亭是苏轼三访石钟山的纪念性建筑。古亭立有一石碑，镌刻着苏轼的画像和其脍炙人口的名篇《石钟山记》。"长江醉明月，更忆老坡仙。"于是，半山腰便有了坡仙楼。当地人对苏轼的怀念之情和特殊的情感由此可见一斑。来到临江塔，我不禁想起《临江仙·夜饮东坡醒复醉》的词句："夜阑风静縠纹平。小舟从此逝，江海寄余生。"

无论是贬谪惠州，还是从儋州赦免归来，在途经湖口时，苏轼都要造访石钟山。他将自己融入清风、明月、江水之中。宦海沉浮，际遇艰难，唯有山水，始终陪伴着他漂泊远方。如今无数慕名者纷至沓来，不仅仅是因为苏轼的这篇散文，更是效仿苏轼寄情于山水，以远离尘世之喧嚣，还内心的安宁与自在。

融入山水，活出境界，便是苏轼的洒脱人生。

走进惠州西湖

走进惠州西湖，缘于我在惠州学院的一次好友相聚。

漫步在校园湖畔，一座飞阁流丹的建筑吸引了我，友人说，这里是丰湖书院的遗址。抬头望去，"丰湖书院"四个大字映入我的眼帘，题款是"郡守伊秉绶立"。友人聊起了宁化老乡伊秉绶在惠州任知府期间弘扬教育，重视人才的一段佳话。

宋湘是清代岭南诗坛巨擘，当年他本打算参加会考，却因家境贫寒，难以成行。伊秉绶早闻宋湘的才气，便出了一道"面试"题，要求宋湘将"东西南北"四字嵌成一副对联。宋湘当即挥笔写下："南岭古人瞻北斗；东坡今日住西湖。"伊秉绶大为赞赏，慷慨解囊，从此二人成为莫逆之交。

丰湖书院始建于南宋，是惠州文脉兴盛的象征。尹秉绶任职期间筹措经费，扩建丰湖书院，聘请宋湘担任山长。自此，西子湖畔的文化杏坛一时"从者云集，人竞向学"。如今的惠州学院依旧书韵飘香，文脉相继。

丰湖书院牌楼两侧的柱子上刻有出自宋湘之手的对联"人文古邹鲁，山水小蓬瀛"。他意在感叹惠州乃孔孟之乡、文化之都，而西湖周边的山山水水更似人间仙境。

惠州西湖原本叫"丰湖"，人道是"东坡到处是西湖"。被贬谪惠州的苏轼常与王朝云泛舟湖上。烟波浩渺、水光潋滟的美景，让他俩回忆起在杭州时的惬意时光，又因丰湖地处惠州古城之西，故将丰湖称为"西湖"。诗人张萱在《惠州西湖歌》中写道："惠州西湖岭之东，标名亦自东坡公。"

水碧山黛、湖桥如带是惠州西湖最具神韵之处。湖水迂回曲折，迤逦伸展，清新淡雅，自然天成。清代吴骞曾妙喻："西湖西子比相当，浓抹杭州惠淡妆。惠之苎萝村里质，杭教歌舞媚君王。"他将惠州西湖形象地比喻为苎萝村之浣纱女，小家碧玉、纯朴清新。于是，惠州西湖便有了"苎萝村西子"的美誉。

苏轼说："予尝夜起登合江楼，或与客游丰湖，入栖禅寺，叩罗浮道院，登逍遥堂，逮晓乃归。"蛮夷之地的惠州，瘴气盛行，贫瘠清苦，但旷达的心胸让苏轼把日子过得充实而富有诗意。他陶醉在旖旎温婉的湖光山色之中，以佛修心，以道养生，用诗句描绘西湖，用妙笔书写人生。

"父老喜云集，箪壶无空携。三日饮不散，杀尽西村鸡"是苏轼筑堤建桥后，与民同乐的场景。昔日的"为民办实事"工程无意中造就了"苏堤玩月"的浪漫意境。而一句"一更山吐月，玉塔卧微澜"更让泗州塔闻名遐迩，成为惠州西湖的重要标志。

来到惠州西湖，六如亭不可不去。它见证了苏轼与王朝云这对灵魂伴侣的绵绵深情。苏轼一生与三位王姓女子结缘。他的原配夫人王弗知书达礼，可惜英年早逝，这让苏轼难以释怀。苏轼写出"十年生死两茫茫，不思量，自难忘"的诗句，以诉思念之苦。续弦王闰是前妻的堂妹，在黄州与苏轼患难与共，却也早他而去。王朝云虽出身卑微，但聪颖贤惠，善解人意。花甲之年的苏轼被贬岭南时，王朝云无怨无悔地陪伴着苏轼，直至染上瘟疫而消香玉殒，魂断西湖。

王朝云的墓历代都得到重视和保护，这是值得庆幸的，也是难能可贵的。她是念着《金刚经》的"六如偈"离开人世的。王朝云墓前有一座亭子，亭上有一副对联："如梦、如幻、如泡、如影、如露、如电；不增、不减、不生、不灭、不垢、不净。"如今，红柱碧瓦的六如亭仍默默地守护着丽人王朝云。

王朝云的墓古朴端庄，一如她生前不施粉黛的容颜，冰清玉洁，馨香沁灵。素雅裙钗、温婉可人的王朝云曾朱唇轻启，一句"先生满肚子都是不合时宜"让苏公牵萦于心。"不合时宜，惟有朝云能识我；独弹古调，每逢暮雨倍思卿"表达了苏轼对王朝云的无限哀思。

患难之中见真情。命运多舛的苏轼，一生颠沛流离，居无定所，但有贤妻王闰的相伴，有知己王朝云的牵手，苏轼应是幸运的。苏轼谪居惠州，苎萝村西子便有了灵气、有了精魄，从此"天下不敢小惠州"，想来，惠州人也是幸运的。

才女朱淑真

来到杭州，正值梅花盛开。出了浙大校门，我步行一会儿就到了青芝坞梅影潭。灵峰山下的青芝坞是赏梅胜地，比之植物园的"灵峰探梅"，这里少有游客。来此踏青寻梅，环境更显清幽。

青芝坞文化广场有一尊宋代女诗人朱淑真的雕像。世人常将朱淑真和李清照相提并论，有"南朱北李"之说。但这位女诗人从未得到主流社会的认可，属于被"打入冷宫"、消失于历史的另类人物。除了她留存人世间的诗词外，有关她的生平几乎空白。

关于朱淑真的籍贯，有人说她是钱塘人，也有人说她是海宁人，但都无从考证。杭州人说朱淑真生于涌金门，葬于青芝坞，却无处寻觅。倒是有一年，我在海宁的路仲古镇寻到了朱淑真故居。说是故居，竟然是个出租房，除了墙上标注的"朱淑真故居"外，整个院落未被加以保护。破败的庭院晾挂着衣物，门前种植着蔬菜，倒也让这里有了些许生机。

与之毗邻的盐官古城早已成了旅游热点，王国维故居、陈阁老宅修葺一新，而路仲里却沾染上寂寞的尘埃，显得冷冷清清。不过渐渐老去的古镇反倒是原汁原味，保持着一份真实的原貌。或许朱淑真还真就出生在这里。

杭州西湖湖心亭，刻有乾隆手书"虫二"，老外总弄不明白，为什么这亭子里有两只虫。杭州向来就是一座文艺之都，历史上的西湖因诗而醉，因诗而风月无边。

诗人韦庄写道："人人尽说江南好，游人只合江南老。春水碧于天，画船听雨眠。垆边人似月，皓腕凝霜雪。"似月的才女，腕白如霜的西湖女子，是温柔乡一道靓丽的风景线。如今，苏小小、冯小青的芳魂在孤山都能寻得到，由此想来，朱淑真为钱塘人氏之说法，也并非毫无根据。前几天，我翻看了《宋词经典》，施蛰存老先生在注释时，也说朱淑真是钱塘人。

南宋平江府通判魏仲恭将流传民间的朱淑真诗稿收集成册，并有感于诗中颇多幽怨之词而将其取名为《断肠集》。朱淑真的诗作这才渐渐为世人所知。朱淑真的诗词清丽婉转，书写了一位女性诗人内心的真实感受。透过朱淑真的诗词，我们可以发现：宋代女性的社会地位超乎我们的想象，她们可以自由自在地抛头露面，也绝非男权社会的附属品。同时代的李清照亦具有独立的人格。不同的是，朱淑真的个人感情生活似乎并不如意。

朱淑真在《喜晴》中写道："楼上卷帘凝目处，远山如画展帏帷。"她在《暮春三首·其一》中写道："风静窗前榆叶闹，雨馀墙角藓苔斑。绿槐高柳浓阴合，深院人眠白昼闲。"从中可以看出，诗人乃富贵人家的千金，住的是楼房，墙角长满苔藓，还有绿树成荫的花园。

"闲步西园里，春风明媚天。蝶疑庄叟梦，絮忆谢娘联。踏草青茵软，看花红锦鲜。徘徊月影下，欲去又依然。"朱淑真在家中西园散步，几只蝴蝶翩翩起舞，她疑似做了一个庄周之梦。她忘情于花团锦簇的春景，不知不觉中，月亮已高悬夜空。该回闺房了，可她的身影仍在月光中徘徊，久久不愿离去。这首诗色调之明快，心情之愉悦跃然于纸上。

魏仲恭在《断肠集序》中说朱淑真"嫁为市井民家妻，一生抑郁不得志，故诗中多有忧愁怨恨之语"。这一说法值得商榷。按照我国古代婚姻的传统观念，这位千金小姐不至于下嫁市井之人。不过她的诗的确有不少忧愁怨恨之语。这其中或许是有隐情的。

朱淑真的夫君何许人也，姓甚名啥也无从考证。"贾生少达终何遇，马援才高老更坚。大抵功名无早晚，平津今见起菑川。"这是朱淑真激励其丈夫重新"回炉补习"，继续参加"高考"的一首诗。

"鸥鹭鸳鸯作一池，须知羽翼不相宜。东君不与花为主，何似休生连理枝？"朱淑真似乎对夫君并不满意，充满了怨言。可另一首妙趣横生的《相思词》，又似乎充满了甜蜜。"相思欲寄无从寄，画个圈儿替。话在圈儿外，心在圈儿里。单圈儿是我，双圈儿是你。你心中有我，我心中有你。月缺了会圆，月圆了会缺。整圆儿是团圆，半圈儿是别离。我密密加圈，你须密密知我意。还有数不尽的相思情，我一路圈儿圈到底。"

被冠以欧阳修之名的《生查子·元夕》，如今已被许多学者认定为朱淑真所写。可朱淑真是为何人而作？且读一下这首词："去年元夜时，花市灯如昼。月上柳梢头，人约黄昏后。今年元夜时，月与灯依旧。不见去年人，泪湿春衫袖。"

更加开放的还有"携手藕花湖上路，一霎黄梅细雨。娇痴不怕人猜，和衣睡倒人怀。最是分携时候，归来懒傍妆台"。朱淑真若不是在呓语，那就应该是有心仪之人了。忽然一阵的黄梅雨，她也不怕旁人猜疑，和衣倒在情人的怀里。

或许是明代理学的日趋保守，"三从四德"大行其道，一些原本常态化的生活方式被视为有伤风化，让朱淑真沦为"不贞"之女。她的诗词也成了"香艳"之作。她的《生查子·元夕》也就只能"寄人篱下"了。而她的情感生活更是被演绎成许多八卦而流传至今。

朱淑真的娇嗔之作，并不是她诗词的全部。她通晓古今，诵咏历史。她咏项羽"盖世英雄力拔山"，丝毫不逊于李清照的《乌江》。她叹韩信"出胯曾无怨一言"。她还写了《喜雨》《新冬》等反映农耕生活的作品。

宋代是我国古代历史上文化最为繁荣的朝代。陈寅恪说："华夏民族之文化，历数千载之演进，造极于赵宋之世。"在宋代，"女子无才便是德"的观念尚未形成。宋高宗说："朕以谓书不惟男子不可不读，虽妇女亦不可不读，读书则知自古兴衰，亦有所鉴诫。"由此可见宋时的开明与开放。正是有了如此自由宽松的环境，才涌现出李清照、朱淑真等才华卓绝的女诗人，这在历朝历代是绝无仅有的。

魏仲恭在《断肠集序》中写道："其死也，不能葬骨于地下，如青冢之可吊，并其诗为父母一火焚之。今所传者，百不一存。"朱淑真现存诗词不到其在世时的百分之一，让人扼腕叹息，而焚稿之缘由至今是个谜。焚稿断痴情是民间的一种说法，高鹗续写的黛玉焚稿的思路据说亦源于此。至于"不能葬骨于地下，如青冢之可吊"则不足为信。

或许是婚姻的不幸、夫妻感情的破裂，朱淑真的诗词中有很大一部分讲述了她孤独惆怅的生活，抒发了其幽怨苦闷的心情。其留存于世的诗词有三百多首，在我国古代女诗人中算高产了。

今夜不眠

奉化溪口北依雪窦山，南临剡溪，这里山清水秀、景色优美。蒋氏故居就坐落在溪口镇。雪窦山是闻名遐迩的佛教名山，这里曾经是张学良的幽禁地。雪窦山为弥勒佛的道场，奉化民间的那位布袋和尚传说就是弥勒佛的化身。

溪口的文昌阁临溪而立，从阁楼远眺，远山起伏；剡溪如带，蒋介石将其称为"乐亭"并作《武岭乐亭记》一文。文昌阁曾是蒋氏夫妇在奉化的居所，隔壁的小洋房被一湾溪水环绕，站在楼台，溪风吹过，暑意顿消。当年蒋经国从苏联回国后，与妻儿一道在此居住读书。

沿着小洋房拾级而下，即达溪边。河岸茂林修竹，竹石相依；竹和石的影子倒映在水中，犹如一幅水墨丹青，水之碧，竹之翠，浑然一体，模糊了水岸。青青的水草在清澈透亮的溪水中荡漾，把一汪溪水映得愈发翠绿。望着阳光映照下变幻出的柔柔光影，我不禁想起了李白在《梦游天姥吟留别》中的诗句："我欲因之梦吴越，一夜飞度镜湖月。湖月照我影，送我至剡溪。谢公宿处今尚在，渌水荡漾清猿啼。"

东晋时期的剡溪曾是文人名士隐居避世之地。王羲之曾沿着剡溪走走停停，在青山环抱、溪流潺潺的金庭寻得一处洞天福地，于是他辞去"右将军"一职，在此修建别业，养鹅喂鹅，修身养性，归隐于山光水色之中。

黄公望的传世之作《剡溪访戴图》是云南省博物馆的镇馆之宝。这幅画描绘了王子猷"乘兴而来，兴尽而返"之成语典故。王子猷是王羲之之子，"剡溪访戴"源于《晋书·王徽之传》。某夜，天降大雪，窗外银装素裹，王子猷睡意顿消，"忽忆戴安道。时戴在剡，即便夜乘小船就之。经宿方至，造门不前而返。人问其故，王曰：'吾本乘兴而行，兴尽而返，何必见戴？'"一场大雪，一条剡溪，一夜不眠，造访而不入，尽兴而不见。这就是魏晋名士之随兴，这就是魏晋之风度。

王羲之的曾外孙谢灵运一生好游名山大川，这位山水诗鼻祖曾开辟了七百里之剡道，并沿着剡溪一路行吟。到了唐代，李白、杜甫、白居易、孟浩然、王维等一大批诗人仰慕魏晋之风流，他们徜徉于剡溪的山光水色间，留下了吟咏剡溪之千古名篇。

在诗人的心中，剡溪是他们向往的世外桃源，王子猷率性洒脱的自由灵魂也让李白等人一心想穿越魏晋，同他们一起纵酒放歌。李白道："此行不为鲈鱼脍，自爱名山入剡中。"杜甫曰："剡溪蕴秀异，欲罢不能忘。"白居易也赞叹："东南山水越为首，剡为面。"

当地人说，剡字为两火一刀，寓意"逃"。因此，历史上的剡溪，乃文人名士向往的隐遁之地。他们寻访魏晋遗风，痴情于剡溪的一草一木，吟诗抒怀，寄托着对自由与理想之情感。美学家宗白华说："魏晋名士向外发现了自然，向内发现了自己的深情。"

或许是王子猷的随心随性契合了黄公望的心境，让意境深远的《剡溪访戴图》与《富春山居图》一起奠定了黄公望在元代绘画史上无人越超的地位。也或许是王子猷的那一个"雪夜"让人回味无穷，熄灯后仍辗转反侧。

九百多年前的一个夜晚，柔和的月光缓缓流入屋内，对月亮情有独钟的苏轼睡意全无，他想到了好友张怀民，便乘兴前往承天寺。苏轼在《记承天寺夜游》中道出："怀民亦未寝。"他俩"相与步于中庭。庭下如积水空明，水中藻、荇交横，盖竹柏影也。何夜无月？何处无竹柏？但少闲人如吾两人者耳。"

我很喜欢这篇短小精悍的散文，苏轼描写的月色极其简洁，就如同黄公望的《剡溪访戴图》。黄公望以简约的笔触勾勒山景，以淡墨染之，大量的留白衬出雪景，他草草几笔便把雪夜中的剡溪呈现在画面中。苏轼也用"庭下如积水空明，水中藻、荇交横"短短几句，让读者感受到竹、柏倒映于月色，如水中纵横交错之荇草的幽美意境。

贬谪黄州的苏轼仍如此超脱随兴，想必月夜中的他也一定如雪夜中的王子猷，尽兴而返。有一种随兴叫潇洒，潇洒的人生让苏轼从至暗走向文学之巅。有时我在想，其实我们的身边处处有风景，只是缺少古人那种有趣的心境、洒脱的灵魂。乘兴、尽兴、随兴是一种自由的生活态度，也是非常舒展的生活状态。

今夜不眠，今夜我于笔耕中濡染了悠久之文化，于文中寻求一种自由通脱的生活。今夜，我学着古人，乘兴走笔，尽兴而作。

盈盈泉城水

　　游览千佛山，泉城风光尽收眼底。据说古时在"齐烟九点"坊这个位置，可望见济南的九座山峰。郭沫若诗云："俯瞰齐州烟九点，踏寻崖窟佛多尊。半轮新月天心吐，一片东风扫雪痕。"而最让泉城人自豪的当属赵孟頫的《鹊华秋色图》，它呈现的是鹊山和华山一带的山水秋色。

　　老舍在《济南的秋天》中写道："济南有秋山，又有秋水，这个秋才算个秋。哪儿的水能比济南？不管是泉是河是湖，全是那么清，全是那么甜。"泉城的味道，很江南，含蓄、端庄，还带有一丝羞涩，静如女子。

　　每天清晨，人们踏着被泉水浸润的石板路来到泉眼处取水，那欢声笑语的场面已成为泉城文化的一个缩影。随手掬一捧泉水喝上一口，顿觉清爽甘美、沁人心脾。

　　"家家泉水，户户垂杨"是清代刘鹗笔下的济南城。济南的泉水星罗棋布，仅城区就有七十二名泉之说。泉水是这座城市的灵魂，它给古城带来了灵动和活力。

　　民国时期，泰戈尔游历济南后，写下了饱满深情的诗句，"我怀念满城的泉池，它们在光芒下大声地说着光芒"。沉浸在这"光芒"之中，我的心灵似乎经历了洗涤，一种莫名的情愫油然而生，一泓清泉悄然涌动于心间。

　　济南的泉池千姿百态。趵突泉喷涌咆哮；珍珠泉摇曳生姿；黑虎泉湍急涌流，声如虎啸；漱玉泉汩汩滔滔，清澈如镜。大自然的恩赐让古城风情万种、魅力迷人。

"为寻词女舍，却向柳泉行，秋雨黄花瘦，春流漱玉声。"李清照的旧居就在漱玉泉边，传说她曾在此濯笔洗砚，吟诗赋词。也许是有了泉水的滋润，才有了她那清丽、婉约的漱玉词韵。"漱玉"源于《世说新语》中的"漱石枕流"一词，明代诗人晏璧的诗句"泉流北润瀑飞琼，静日如闻漱玉声"描写了漱玉泉悠悠流淌、淙淙有声的细腻与温婉。

李清照纪念堂飞檐翘角、红柱青瓦、清幽雅致。门前抱柱上刻有郭沫若题写的楹联"大明湖畔，趵突泉边，故居在垂杨深处；漱玉集中，金石录里，文采有后主遗风"。郭沫若的字潇洒隽秀、遒劲飘逸，他赞誉了女词人的艺术成就。厅内李清照的塑像秀丽端庄、温文尔雅，似在轻吟"花自飘零水自流，一种相思，两处闲愁"，亦似在轻吟"莫道不销魂，帘卷西风，人比黄花瘦"。泉城的水孕育了易安的才气与空灵，赋予她绵绵的情思。

尤泉寺内的百脉泉与趵突泉齐名，星星点点的水泡从泉眼缓缓涌出，宛如晶莹剔透的珍珠，给人静谧恬淡之感。近旁也有一处清照园，亭台楼阁依泉而立，四周林木繁茂，柳影婆娑。李清照与赵明诚情投意合，钟情于金石古籍的收藏。靖康之难后，国破家亡，李清照流寓江南。多愁善感的她把对故乡的思念倾诉在诗词之中。诸如"故乡何处是，忘了除非醉""欲将血泪寄山河，去洒东山一抔土"等忧国之心、爱国之情跃然纸上。

"四面荷花三面柳，一城山色半城湖"道出了大明湖的柔美与典雅。大明湖是由泉水汇集而成的湖泊，是镶嵌在古城中的一颗璀璨明珠。放眼望去，湖上荷花吐丹，舟舫穿梭；湖岸芳草萋萋，垂柳依依。亭台楼阁掩映于绿树繁花之间，处处充满诗情画意。

大明湖的秀美让无数文人为之倾倒，他们直抒胸臆，留下唱咏佳作。李邕曾在历下亭宴请杜甫，诗圣即兴赋诗一首，其中"海右此亭古，济南名士多"成为千古传诵的名句。历下亭从此名闻天下，成为泉城重要的文化象征。

大明湖畔建有南丰祠，以纪念曾巩在济南推行新政的功绩。任太守期间，曾巩修筑堤堰，疏浚水道，为老百姓办了许多实事、好事。他陶醉于这里的湖光胜景，常常是"太守自吟还自笑，归时乘月尚留连"。如今百花堤上，虹桥卧波，芳草茵茵；湖面波光粼粼，白鹭掠水。静静地坐在亭里，我沉醉于"曾堤萦水"的梦幻景色中，悠悠雅韵，回味无穷。

行走在鹊华桥上，不知不觉中，已是漫天雨丝。我倚栏远眺，蒙蒙雨雾，氤氲如诗，缱绻如词，不禁想象曾经的"鹊华烟雨"。在雨敲碧荷中，我聆听泉水私语，似乎感受到了古老泉城厚重的文化脉络。诗和远方就这样在大明湖畔牵手相遇。

元好问说："有心常做济南人。"遍泽古城的盈盈泉水需要我们用心去品味。

印象广州

两千多年的南越文化，让现代化的羊城依然结结实实地贴近生活，繁华而不浮夸。淳朴知性的生活方式促成了羊城兼容并蓄的气度。

骑楼与老字号商铺构成了上下九独特的南洋风情。传统与现代、前卫与保守，牵手相融，这里不仅汇集了传统小吃，也有众多洋味美食，足以让人大快朵颐。慢慢寻觅，你可以感受到老广州鲜活的烟火气息。

除了飘香的美食，沙面的老建筑也在诉说着"十里洋场"的故事。哥特式、巴洛克式等风格建筑，犹如散落的珍珠，分布在沙面的街道上。来这里的人，最喜欢的就是拍照，偶尔来张自拍，发到朋友圈，自称在欧洲，没准还能让人相信。

陈家祠这一岭南元素，面对步步紧逼的时尚潮流，依然保留着自己的文化风雅和传承魅力。眼前所看到的浓墨重彩，渡到心里便有了一次新的感悟：兼容的历史、流动的文化，没有传承便如无根的草，随风而逝。

沙湾的底蕴同样在于随处可见的岭南古建筑。石雕、灰雕、砖雕精彩纷呈，檐枋椽梁精雕细琢，锅耳屋上的花鸟虫兽惊艳地勾勒于灰砖上。就连蚝壳墙、蚝壳屋也是一道别致的风景，一块块蚝壳，整齐划一，颇具浮雕与线条美学之感。

走入窄巷深处，阵阵微风从巷尾穿过，悦耳动听的广东音乐也随风飘来。"私伙局"是岭南独有的市井风情，丝竹声声，粤调袅袅，吹拉弹唱，怡然自得。有了广东音乐的滋润，沙湾更显细腻精致。

沙湾何氏对广东音乐有过重要影响。何氏家族为当地的文化世族，这让广府音乐有了儒雅的韵味。《清风明月》《雨打芭蕉》等给人一种"春风入画亭台间"的审美趣味，使广东的音乐多了几许阳春白雪的意境。

音乐大家吕文成更是将小提琴的钢丝弦应用于二胡上，独创了高胡这一现代广东音乐的主奏乐器，使得广东音乐更加甜美、抒情。吕文成将西方的音乐元素注入民间音乐，也给广东音乐带来了新的活力。

在广州，如果没有粤曲，似乎觉得少了点粤味。酒楼、茶馆、街市……无处不在的粤曲，为繁华热闹的羊城，增添了独特的韵味。尤其是大年三十逛花市时，在《步步高》的粤调声中，浓浓的岭南年味显得更加温暖而喜气。

身处羊城，你可以感受到广州人那种骨子里的"慢"，他们可以把时间消磨在叹早茶中，甚至把早茶喝成午茶。他们可以漫不经心地把汤里的骨头熬酥，慢火细炖至暖香袭人；也可以与书报为伴，在叹茶中享受慢的时光，仿佛整座城市都浸泡在慵懒的日子里。

广州的早茶向来精致，不仅食材精致，情调更加精致。沏上一壶茶，垒上几层热气腾腾的小竹笼，在淡淡茶香的雾气中，人们慢慢享用、慢慢闲聊，生活中的烦恼便在轻言细语中渐渐远去。

与表哥表姐围桌而坐，或普洱茶，或铁观音，或菊花茶，我们边喝边聊。凤爪、虾饺、肠粉、叉烧包、鱼粥，如精美的工艺品被摆满一桌。亲朋好友那带有"啊"之类的尾音，平缓且平和，似娓娓道来，颇为亲切。这种恬淡的语速似乎是广州人"慢"的一个缩影。

茶楼播放的《平湖秋月》，甜甜的、绵绵的、温温的，仿佛一切都"慢"了下来。我环顾茶席，只见客人将茶点悠悠地送入口，看不出丝毫的急促感。于是，我一改平日"狼吞虎咽"的恶习，不再焦急地盼着下一道菜，暗暗提醒自己慢慢吃、慢慢品，来个慢洒脱。

叹早茶对于广州人而言，是指那些行色匆匆之人来到一处暂时的休憩地，他们把生活中的不易冲入茶壶，让亲密无间的话语行走在碗碟间，一段氤氲着心灵慰藉的清欢便在叹茶声中度过。

人间烟火味，最抚凡人心。古香古色的茶馆，将忙忙碌碌的日子化作暖心的叹茶时光。在悠闲惬意中，我慢慢地啜吸，慢慢地品味，于唇齿留香中感受那份祥和安宁的市井烟火气。

记不清是哪位名人说过，"创作源于闲暇"。如果没有休闲、慢游与思考，何来的灵感？

慢，不是指效率的慢，而是心境的慢。

慷慨悲壮之稼轩

来到上饶铅山，信江河赤岩上的辛弃疾雕像吸引了我。车过九狮大桥，便到了辛弃疾文化园。这是一处开放式园林，处处充满着乡野气息。辛弃疾晚年在上饶闲居了十多年，并终老于此。《稼轩集》中有三分之一的词创作于铅山。

当年率五十骑勇闯金营、生擒叛贼、千里归宋的山东汉子，却沉浮起落于朝堂上，苦闷抑郁在田园边。性情耿直的辛弃疾只能将"万字平戎策"换得"东家种树书"，过着躬耕乡野的生活，把壮志难酬的心安置于山林之中。

辛弃疾在《西江月·遣兴》中写道："昨夜松边醉倒，问松我醉何如；只疑松动要来扶，以手推松曰去。"看来，无用武之地的辛公真是醉了，他不得不纵情山水，以排遣心中之苦闷。他在《清平乐·村居》中写道："大儿锄豆溪东，中儿正织鸡笼，最喜小儿无赖，溪头卧剥莲蓬。"在这首《清平乐》中，我们似乎看到他有了陶渊明的影子。

如果你认为此时的辛弃疾已心灰意冷，真心归隐田园，那就错了。"少年不识愁滋味，爱上层楼。爱上层楼，为赋新词强说愁。而今识尽愁滋味，欲说还休。欲说还休，却道'天凉好个秋'。"只要读一下《丑奴儿·书博山道中壁》，你就可以知道辛弃疾只是一时忘情，这其实是他饱受创伤之苦的另类表达罢了。

辛弃疾真的是识尽愁滋味。他在《菩萨蛮·金陵赏心亭为叶丞相赋》中写道："人言头上发，总向愁中白。拍手笑沙鸥，一身都是愁。"他听说头发是因为忧愁而变白的，那只雪白的沙鸥得有多愁，才能愁出一身的白毛啊。他在《永遇乐·戏赋辛字送茂嘉十二弟赴调》中自嘲道："艰辛做就，悲辛滋味，总是辛酸辛苦。"

被罢官的辛弃疾，来到上饶开荒种地，自号"稼轩"。他喝酒、交友、踏青山，吟诵着"稻花香里说丰年，听取蛙声一片""七八个星天外，两三点雨山前"的诗句。如今的文化园内，荷田如胭如染，蛙声阵阵依旧。

辛弃疾曾在铅山觅得一处泉眼，状如瓢瓜，便起名"瓢泉"。至今这眼山泉仍淙淙不断，清澈如初。早些年，他到永州探访柳宗元笔下的"小石潭"，却美景难寻。而这小小的一眼山泉能留存下来，实属奇妙。

闲居乡村的日子，辛弃疾仍关心国事，抗金复国的激情仍在。他与侠义之士陈同父的"鹅湖之会"，使他写出"醉里挑灯看剑，梦回吹角连营"的豪迈诗句。性情刚毅的辛弃疾，感叹志同道合的人不多，故有"我见青山多妩媚，料青山见我应如是"的自负。他说："不恨古人吾不见，恨古人不见吾狂耳。知我者二三子。"

他与陈同父的交往，可谓英雄相惜。辛弃疾在与知己的唱和中，总能想起"金戈铁马，气吞万里如虎"的英雄往事，也总能回忆起"马革裹尸当自誓，蛾眉伐性休重说"的壮志豪情。他在《贺新郎·同父见和再用韵答之》中写道："男儿到死心如铁。看试手，补天裂。"这是何等豪迈。

然而，偏安一隅的朝廷无北伐之心，这让辛弃疾痛苦不堪。有心杀贼，但壮志难酬的辛弃疾只能以笔为剑，驰骋在自己的精神世界里。他时常发出国破家亡的悲哀以及壮志成空的痛苦。辛稼轩的英雄豪情，都镌刻在文化园的丹霞山崖上。沿着崖壁栈道行走，《九议》《美芹十论》之报国方略映入眼帘。历史上文武双全、文韬武略的古代诗人屈指可数，辛弃疾便位列其中。

开禧北伐，花甲之年的辛弃疾被重新启用，年迈的诗人为之振奋。然而一腔热血怎敌钩心斗角的朝廷。在镇江任职不久的辛弃疾不得不再次离职。于是，有了《南乡子·登京口北固亭有怀》和《永遇乐·京口北固亭怀古》。失去上阵杀敌机会的辛弃疾，登临北固亭，翘首北望，心潮澎湃。收复中原的理想，坚如磐石地闪耀在他的诗词之中。

被梁武帝誉为"天下第一江山"的北固山，处处激荡着雄风浩气。溜马涧、试剑石、甘露寺、太史慈墓，诉说着曾经的峥嵘岁月。辛弃疾的到来，让这里留下了气吞山河、传唱千古之壮词。"廉颇老矣，尚能饭否？"这位毕其一生只想横刀立马、收复中原的诗人老了。当朝廷再次想起辛弃疾，宣他上朝时，辛弃疾已卧床不起。只可惜英雄迟暮，带着北伐大业终成空的遗憾，溘然长逝。

"层楼望，春山叠。家何在，烟波隔。"南渡后的辛弃疾再也没能回到故乡济南。文化园山崖上的辛弃疾雕像，左手擎剑，遥望故土。铅山人懂得这位悲情英雄的报国之心，在为其塑像时，让他面朝北方，让他"倚天万里须长剑"。

济南的辛弃疾故居虽不是旧物，倒也古香古色、肃穆庄严。"铁板铜琶，继东坡高唱大江东去。美芹悲黍，冀南宋莫随鸿雁南飞。"这是郭沫若撰写的辛弃疾纪念祠的楹柱对联。其中的"美芹"是辛弃疾的平戎策论，也就是著名的《美芹十论》。济南有二安，乃泉城之幸事。

"落日楼头，断鸿声里，江南游子。把吴钩看了，把吴钩看了，栏杆拍遍，无人会，登临意。"辛弃疾在失落、郁闷、呐喊和痛楚中成就了其英雄之名。他的词作表露了他的心声，他在为自己的理想而歌吟。

辛弃疾既是马背上的英雄，又是诗词中的英雄。上马擒贼、下马挥毫的英雄是孤独的。英雄从来都是孤独的，他的心境，又有多少人可以理解。

"唤起一天明月，照我满怀冰雪"是当年辛弃疾来到东坡赤壁，感慨世事沧桑，写下的诗句。千里归宋、志在北伐的辛弃疾，自始至终都在经营着自己的理想和精神家园。他把愤懑、抑郁、慷慨、豪放的心绪化作诗词，沉淀为文化的力量，激励了一代又一代的爱国志士。

辛弃疾的一生是悲壮的，也是孤独的。孤独者的剑胆琴心，正是辛弃疾的灵魂之锚，也是诗人留给后世的精神净土。

风雅孤山

"钱塘之胜在西湖，西湖之奇在孤山。"孤山风景秀丽，白居易称之为"蓬莱宫在水中央"。这里曾是南宋时期的御花园，亦是清代皇帝的行宫。著名的西泠印社、文澜阁、俞楼等坐落在此。徜徉其间，扑面而来的人文气息，令人如沐春风。

西泠印社是一处依山傍水、林木掩映、古朴清幽的江南园林。从仰贤亭沿鸿雪径上行，左壁嵌"印藏"刻石，这里曾庋藏李叔同的金石印章。华严经塔玲珑秀巧、斑驳古朴，塔上刻有李叔同、金农书写的经文。汉三老石室的东汉"三老讳字忌日碑"，字迹苍拙浑厚，被誉为"浙东第一碑"。漫步在紫藤萦绕、翠竹摇曳的印社山道，欣赏着碑石题刻，你能感受到金石篆刻的厚重历史，感受到中华文化的博大精深。

穿过小龙泓洞，沿着长满青苔的石级而下，不远处便是人称"梅妻鹤子"的林逋的长眠之地。阳光透过树荫幻成斑斓光影，仿佛照亮了悠悠的岁月深处。

"先生可是绝伦人，神清骨冷无尘俗"是苏轼对林逋的评价。才华出众的林逋隐于孤山，躬耕农桑，种梅养鹤，过着淡泊、平和的田园生活。林逋在《山园小梅·其一》中写道："疏影横斜水清浅，暗香浮动月黄昏"，他咏尽人间梅韵。宋真宗召其出山，林逋不就。其"茂陵他日求遗稿，犹喜曾无封禅书"之句，透出文人的风骨与洒脱。林逋去世后，他的"鹤子"哀鸣而亡。如今的鹤冢依旧隐于放鹤亭一侧。

一生未娶的林逋，并非不懂儿女情长。"吴山青，越山青，两岸青山相送迎，谁知离别情？君泪盈，妾泪盈，罗带同心结未成，江头潮已平。"

一首《相思令》情意绵绵，让人唏嘘不已。林逋也许有过爱情，有过泪水；也许是个情痴、情种；也许有情人难结连理；也许是为情而隐。无论如何，有梅鹤长相守，枕着一片香雪海，林逋是幸福的。

孤山是一处凭吊先贤名士的风雅之地。"残阳影里吊诗魂，塔表摩挲有阙文。谁遣名僧伴名妓，西泠桥畔两苏坟。"苏曼殊与苏小小隔着西泠桥结伴而眠，为西湖文化增添了曼妙的一抹风情。苏曼殊早年投身辛亥革命，曾与孙中山、章太炎、柳亚子等交游，翻译过《拜伦诗选》和《悲惨世界》，被誉为诗僧、画僧、情僧。"一切有情，都无挂碍"是对苏曼殊三十五年孤独红尘的真实写照。他的作品都是因情而生，让不少痴情粉丝泪湿襟衫。柳亚子在《哭曼殊》一文中写道："孤山曾有幸邂逅过一位'鬓丝禅榻寻常死，凄绝南朝第一僧'的文化名人。"

西泠桥吸引人之处就是桥头的"慕才亭"。苏小小的一缕香魂，让人们缱绻缠绵。"湖山此地曾埋玉，花月其人可铸金"，望着柱子上的楹联，六朝金粉的钱塘仿佛就在眼前。坐着油壁车的佳人遇到了骑着青骢马的才子，郎才女貌，一见钟情。南齐歌妓苏小小应是钱塘红粉第一人，南朝诗集《玉台新咏》收录了她的作品。天生丽质、多才多艺的苏小小，因邂逅的爱情最终杳如黄鹤，在抑郁之中，香消玉殒。

浪漫的孤山，总是能催生唯美的情怀。同样红颜薄命的明代才女冯小青，却有了一次美好的交集。南社社员、京剧名伶冯春航以饰演冯小青而闻名，冯小青的"冷雨幽窗不可听，挑灯闲看《牡丹亭》，人间亦有痴于我，岂独伤心是小青"让舞台上的"小青"感同身受。在杭州巡演期间，柳亚子、李叔同曾与冯春航一同拜祭冯小青，后由柳、李二人将纪念冯春航巡演所题刻的石碑立于冯小青的香冢旁，成为一段旷古奇缘的佳话。

孤山脚下还埋着鉴湖女侠秋瑾的忠骨。青松翠柏映衬着巾帼英雄的雕像，她洁白如玉，手握长剑，气宇轩昂。这位文武双全，倡导妇女解放的反清斗士，在轩亭口临刑前写下了"秋风秋雨愁煞人"七字绝笔。这一反映秋瑾忧国忧民、壮志难酬的名句，为后世广为传颂。她的救国志、爱国魂让孤山更加流光溢彩。

孤山，演绎着数不尽的风流。孤山的风雅，至情至真，至柔至刚。

人文荟萃岳麓山

  岳麓山位于长沙西郊，是南岳衡山七十二峰之一。《南岳记》有载："南岳周围八百里，回雁为首，岳麓为足。"岳麓山连峦迤逶、苍翠葱郁，古人誉之"碧嶂屏开、秀如琢珠"。千年学府岳麓书院就坐落在林壑清幽、钟灵毓秀的岳麓山下。

  岳麓书院至今仍是湖南大学人文学术交流中心。一千多年来，这里办学不辍、文脉不断。站在讲堂前，我凝视着承载了千年文化气场的太师椅，想象着张栻、朱熹登坛会讲，互相辩论的情景，顿觉书香飘韵，智慧通达。二位宗师论道三天三夜，湖湘学与闽学相互交流，推动了理学的发展。这座千年学府以独特的文化传播方式，吸引了众多青年才俊来此求学问道，并培养出魏源、曾国藩、左宗棠等一大批翘楚英才。"惟楚有才，于斯为盛"是岳麓书院桃李满天下的真实写照。

  岳麓书院享有"潇湘洙泗"之美誉。康熙曾颁发"学达性天"的牌匾，乾隆也赐予"道南正脉"的匾书。辛亥革命后，各种文化思潮相互激荡，岳麓书院审时度势，挂上了"实事求是"的匾额，教育学生要从实际出发，探求事物发展的规律。青年时代的毛泽东曾两次寓居岳麓书院，"实事求是"的校训深深地印在他的脑海里。在后来的革命实践中，毛泽东丰富和发展了实事求是的思想，使其成为中国革命和建设的理论基础。从某种意义上说，岳麓书院影响了中国历史的发展。

  "停车坐爱枫林晚，霜叶红于二月花。"著名的爱晚亭就建在岳麓书院后山的清风峡内。这里古枫参天、亭亭如盖，在秋日阳光的映照下，丹枫如火，灿若云霞。远远望去，爱晚亭绿瓦丹柱，重檐翘角，显得古拙而端庄。

　　毛泽东就读于湖南第一师范学校时，经常与蔡和森等同学于爱晚亭中针砭时弊，指点江山，激扬文学。抗日战争期间，爱晚亭不幸毁于战火。1952年重建爱晚亭时，毛泽东应湖南大学校长李达的请求，亲笔题写了"爱晚亭"三个大字。如今，爱晚亭已成为岳麓山的红色地标。

　　岳麓山文化底蕴深厚，儒、释、道共存，是一座富有包容精神的历史文化名山。穿过爱晚亭，一路上行，不远处便是有着一千七百多年历史的麓山寺。麓山寺有"汉魏最初名胜，湖湘第一道场"之称。观音阁前一棵六朝时期的罗汉松依然顽强地生长着，一千多年来，这棵古松默默地守护着一方佛门净土，见证了寺庙的几度沧桑。

　　云麓宫位于岳麓山顶，宫门对联曰："对云绝顶犹为麓；求道安心即是宫。"道宫前的古枫、银杏老干虬枝、苍劲挺拔，那满地的红叶、黄叶，绚丽夺目，好似一层松软的地毯，令人心醉神迷。

　　凭栏远眺，但见湘江如练，双桥飞架，橘子洲头，秋橘满枝，古城新貌尽收眼底。围栏上刻满长沙会战的英烈名字，寄托着人们的无限哀思。

　　许许多多的革命志士魂归岳麓山的茂林深处。辛亥革命领导人黄兴的墓碑状如长剑，昂然屹立，一如其生前叱咤风云的豪迈气势。讨袁将军蔡锷的墓地掩映在红枫翠柏间，蔡松坡的丹心铁血恰似如火的枫叶，炽热而浓烈。先烈的每一块墓碑都是一部英雄史诗，为后人景仰。

　　岳麓山有着厚重的历史，有着千年不绝的读书声，更有着湘楚文化的博大胸怀。

秦淮风韵

　　"梨花似雪草如烟，春在秦淮两岸边。一带妆楼临水盖，家家粉影照婵娟。"这是清代剧作家孔尚任在《桃花扇》中描绘的秦淮河。站在文德桥上，可将秦淮风光尽收眼底。粉墙黛瓦，垂柳依依；水光潋滟，画舫悠悠。夫子庙建筑群翘檐斗拱，牌坊巍峨。大成殿掩映在绿树丛中，庄严肃穆、气势恢宏。孔庙、学宫、江南贡院是金陵古都的文教中心，这里曾经儒学鼎盛、文采风流。

　　传说，秦淮河是秦始皇在南巡时下令开凿的，引淮水入城，故名"秦淮河"。两千多年来，这条河流淌在历史和传说中，滋润着古城金陵，成为南京的一个文化符号。

　　在秦淮河畔的寻常巷陌间，有一条僻静的里弄，因三国时期东吴的乌衣禁军驻防此地，被称为"乌衣巷"。"朱雀桥边野草花，乌衣巷口夕阳斜。旧时王谢堂前燕，飞入寻常百姓家。"唐代诗人刘禹锡把乌衣巷的沧桑变化描写得极情尽致、生动形象。

　　六朝时期，乌衣巷是名门望族的聚居地，王、谢家族的几代风流，吸引着无数文人骚客来此凭吊怀古，探幽访胜。王导、谢安将内乱外患的晋王朝向后延续了一百多年。两大豪门士族孕育了"大小书圣"王羲之、王献之，以及山水诗鼻祖、有"大小谢"之称的谢灵运、谢朓。"王氏书法谢家诗"为乌衣巷抹上了绚丽的色彩。

　　王献之在《桃叶歌·渡江不用楫》中写道："桃叶复桃叶，渡江不用楫。但渡无所苦，我自迎接汝。"秦淮河畔的桃叶渡，因王献之对桃叶的情深意笃，从此有了风雅的神韵。古桃叶渡石牌坊上有一楹联："楫摇秦代水，枝带晋时风。"魏晋时期世风倜傥、名士风流，美学家宗白华说："这是一个美的成就极高的时代。""桃叶临渡"也成了千古风流之地。

明末清初，复社四公子之一的侯方城遭人陷害。他在逃离金陵之时，秦淮歌女李香君在桃叶渡唱了一曲《琵琶词》，挥泪话别。此时的桃叶渡更多了一份悲凉与凄婉。

芳华绝代、才艺超群的"秦淮八艳"虽身处社会底层，但深明大义、柔情侠骨。她们蕙质兰心、秀外慧中，留下了曼妙的情韵、迷人的倩影。如今在秦淮河畔能寻访到的踪迹，也只有媚香楼了。李香君的那句"公子当为大明守节，勿事异族，妾于九泉之下铭记公子厚爱"让人唏嘘不已。如果说，不畏权贵淫威，血溅定情扇是她对忠贞爱情的捍卫，那么痛斥变节之人，撕碎桃花扇则是她对民族大爱的坚守。"花容兼玉质，侠骨共冰心。"媚香楼里的这副对联是对这位红尘女子高尚人格的真实写照。

"烟笼寒水月笼沙，夜泊秦淮近酒家。商女不知亡国恨，隔江犹唱后庭花。"面对穷奢极欲、及时行乐的晚唐官僚，杜牧在怜悯秦淮歌女的同时，带着几分鄙夷与尖刻。以李香君为代表的商女非但知亡国之恨，更让那些名士汗颜须眉折腰。杜牧如果在天有灵，应会感到欣慰。

倚窗眺望，秦淮河依旧静静地流淌着，水面的游船来回穿梭，阵阵桨声和着六朝风雅，和着动人的故事，和着悠悠琴声，传唱着秦淮之风韵。

墨香兰亭

兰亭位于绍兴城西南的兰渚山麓。"曲水流觞千古胜，小山丛桂一年秋"是南宋诗人陆游咏兰亭的诗句。历史上的一次"永和修禊"，让兰亭在中国书法史上流芳千古。

东晋永和九年三月初三，王羲之、谢安等四十二位名流雅士相聚兰亭，行修禊之事。士大夫列坐曲水两侧，将酒觞放入溪水中，觞流至谁面前，谁就要赋诗一首。相聚期间，一觞一咏，畅怀俱情，共得佳作三十七篇，汇集成册。众人公举德高望重的右军王羲之为之作序，王欣然挥毫，微醉中即兴写下举世闻名的《兰亭集序》。兰渚山下这一不大的庭院，由此成为人们憧憬神往的书法圣地。

走进兰亭，四周山峦叠翠，古木蔽日，溪水潺潺，正如书圣所述，"此地有崇山峻岭，茂林修竹，又有清流激湍，映带左右"。沿着通幽的小径前行，迎面是一潭碧水，一群白鹅正悠然戏水。池畔有一座三角形碑亭，碑上"鹅池"二字传为王羲之、王献之父子所书。细细品味，"鹅"字刚劲有力、苗条秀气，"池"字稳重敦实、雄健浑厚，"鹅池"二字各显长处，浑然一体，趣味盎然。

李白曰："右军本清真，潇洒出风尘。山阴过羽客，爱此好鹅宾。扫素写道经，笔精妙入神。书罢笼鹅去，何曾别主人。"说的就是王羲之书写《道德经》换鹅的故事。王羲之一生爱鹅、养鹅、书鹅，他从鹅的各种姿态，悟出了书法的灵动与飘逸，形成了自己俊逸流畅的书法风格，一改汉魏时期古拙的书风。

跨过石桥，我来到小兰亭。碑亭中的"兰亭"二字为康熙所题，此碑在"文革"时期有所破损，但不失残缺之美。幸运的是，有国宝之称的"兰亭御碑"，居然安然无恙，当地人为保护文化遗产而付出的种种努力令人钦佩。

兰亭御碑刻有康熙书写的《兰亭集序》，字体苍劲圆润、清逸洒脱。碑的背面是乾隆的题诗《兰亭即事诗》。这位帝王在颐和园内也建有一座兰亭，可见其对兰亭之喜爱。王羲之的《快雪时晴帖》、王献之的《中秋帖》，以及王洵的《伯远帖》曾被乾隆收藏在紫禁城的养心殿内，这便是著名的"三希堂"。

古朴雅致的流觞亭位于兰亭的中心区域，亭内有一屏障，中间是一扇形"曲水流觞图"，形象生动地描绘了东晋高士风雅集会的场景。流觞亭前，一条小溪蜿蜒曲折，静静地流淌着，这就是当年的流觞咏饮之地。临水而坐，我用手抚摸着清澈的溪水，似乎能感受到魏晋时期的幽雅气息。

一次文人雅士的春游，造就了书法艺术的一座高峰。文采斐然、清新淡雅的《兰亭集序》通篇三百二十四字，王羲之用笔行云流水、遒健飘逸。凡有相同字者，皆变化不一，特别是二十个"之"字无一雷同。《兰亭集序》被誉为"飘若浮云、矫若惊龙"，是冠绝古今的艺术瑰宝。

据说，王羲之曾再书《兰亭集序》，但神韵均不如原作。为此，王氏家族视其为传家之宝。不过，现在传世的《兰亭集序》均为唐人摹本。据说真迹早已陪伴唐太宗于昭陵之中。

《兰亭集序》在书法历史的长河中，已然成为文人雅士的精神图腾，它影响着一代代的书法人，兰亭亦因此翰墨飘香，久盛不衰。

第四篇　童　心

童　心

西方有句谚语："无胡桃夹子不圣诞。"《胡桃夹子》是德国作家霍夫曼创作的童话故事。每逢圣诞节，欧洲大大小小的剧院和学校都会上演柴可夫斯基的芭蕾舞剧《胡桃夹子》，无论是城市还是乡村，到处都有胡桃夹子的身影。这个芭蕾舞剧已成为圣诞节的经典剧目，是西方人迎圣诞不可或缺的精神飨宴。许多家庭都在《胡桃夹子》的童话世界中迎接新年的到来。

很难想象《格林童话》《豪夫童话》会诞生于古板严谨的德国，德国人看似不苟言笑、寡言沉闷，内心却有着天真烂漫的童心，难怪巴伐利亚国王能设计出童话般的新天鹅堡。其实只要沿着莱茵河游走，两岸的古堡一定会让你想起《灰姑娘》和《睡美人》，想起王子与公主的浪漫爱情。

有一年，我在一家餐馆用餐，迎面而来的是充满童趣的胡桃夹子，着实让人惊喜。四周的士兵足有一个连，他们诙谐夸张的表情可爱有趣，我仿佛置身于梦幻般的童话世界。餐厅的背景音乐是《胡桃夹子》中的《花之圆舞曲》，轻盈诙谐的音符，就像几位可爱的仙子垫着脚尖，舞着臂腕，旋转着，跳跃着，柴可夫斯基的童心让这支曲子精美、灵动。

《胡桃夹子》讲述了一段浪漫的圣诞夜奇缘。整篇童话有着无边的遐想和天真可爱的童趣，充满着魔幻色彩，是欧美孩子最喜欢的故事，可谓家喻户晓。霍夫曼了解孩子的天性，明白守护童年的意义，《胡桃夹子》也因此成了一款烘托圣诞气氛的精致的"甜点"，成为欧美国家百年不衰的"圣诞芭蕾"。

有些成人觉得童话太过幼稚，其实童话也是写给大人看的，童话中包裹着许多社会的现实。"老鼠毁坏玩具"喻指那些正在剥夺孩童快乐时光的家长，而胡桃夹子则义无反顾地守护着童真世界，它是孩子心中的幸运之神。

在德国奥勒山地区，有一个胡桃夹子玩偶之乡。一百多年来，无论是普奥战争、普法战争，还是两次世界大战，德国制造的"胡桃夹子"从未间断过。在德国人的心目中，"胡桃夹子"就是守护神，守护着孩子的童年。

永建曾经转发一篇题为《绝尘而去的德国》的文章，并写道："出思想的地方，日子过得差不了。"海德格尔认为，只有始源性的追问，才是真正哲学的追问。儿童思维就是一种始源性的思维，用近似童稚的眼光去追问，往往会有新的发现与收获。守护童心，就是守护创造力，这才是德国能够绝尘而去的根本原因。

从某种意义上来说，成人更应该读一读这些童话作品，找回曾经的想象力与童真。其实，生活有时很粗糙，当我们于疲惫中抬起头，来一次童趣的回归时，可使我们忘却琐碎和辛劳。只要愿意，我们总能在充满想象力的童话世界里找回自己，找到自己灵魂的影子。

我们喜欢怀旧，喜欢回味孩童时的乐趣，却忘了保留一颗童心。生活本来就充满了不易，当我们放下世俗的眼光，用童心去看待生活，便会发现原来我们身边有那么多美好。我特别喜欢看动画片《麦兜的故事》。这是一个充满烟火气息的草根童话，讲述的是一个努力在生活中找寻快乐的卡通小猪的故事。

我是一个舍不得长大的老头，喜欢看动画片，喜欢听儿歌，喜欢在那些充满灵气的童声中找回天真的岁月。就让我们跟着麦兜，跟着春田花花合唱团，一起哼唱《春风亲吻我像蛋挞》吧。"春风亲吻我像蛋蛋蛋蛋挞，水面小蜻蜓跳弹弹弹点点头，点点春雨降像葡葡葡提子，小青蛙敦敦像炖炖炖蛋……"

童心依旧，开心依旧，保留一颗童心，就是快乐的福音。

味　道

今晨逛早市，我无意中看到了久违的麦芽糖，虽听不到"叮叮当"的敲击声，也难觅摇着拨浪鼓、走街串巷的担货郎，但眼前的麦芽糖仍搅动着我儿时记忆中的味道。

小时候我常用牙膏壳兑换麦芽糖，那"叮"的清脆声，是一种期盼和渴望后的甜蜜。我总是迫不及待地将敲出的糖块送入口中，麦芽糖沾满了我的小手，也黏住了我的小嘴。

那时候，我总喜欢往供销社跑，柜台里的罐头、饼干和糖果，令我垂涎三尺。虽然吃不到这些让我眼馋的食品，但能闻到它们散发的香甜味。我和小伙伴经常到柜台前，一边咽着口水，一边嗅着食品飘来的味道。

小时候，我常"观摩"爆米花的制造过程，随着"嘭"的一声巨响，一股醉人的香甜味扑面而来，想要"拜师学艺"的伟大梦想也由此产生。

童年的味道是时光的味道、岁月的味道。

下乡工作时，偶尔飘来一阵农家烧柴的味道，我总要多嗅几下，仿佛闻到了儿时的饭香味，听到了铁锅炒菜的"滋滋"声。

《调鼎集·火》中记载："桑柴火：煮物食之，主益人。又，煮老鸭及肉等，能令极烂，能解一切毒，秽柴不宜作食。稻穗火：烹煮饭食，安人神魂。麦穗火：煮饭食，主消渴、润喉、利小便。松柴火：煮饭，壮筋骨。煮茶不宜。栎柴火：煮猪肉食之，不动风，煮鸡、鸭、鹅、鱼腥等物，烂。"难怪农家柴火的味道会时常萦绕在我的心头。

过去的大院里，柴垛是必不可少的风景，墙角也曾繁花似锦。挨着墙根栽下几株丝瓜苗，过不了多久，瓜藤就会顺着土墙慢慢往上爬，长成一大片；待丝瓜垂落于藤蔓间，彩蝶飞舞于黄花间，满院都飘着瓜香味。

每逢周末改善生活时，母亲总会做一盘丝瓜炒蛋。绵滑清甜的丝瓜加上嫩香的鸡蛋满足了一家人舌尖上的需求。

上大学时，学校食堂分粗细粮票。一到饭点，大家就带着饭盒，蜂拥至食堂排队打饭。那少量供应的大米饭配上大锅菜，尤其是油菜上的那几片香喷喷的五花肉，我至今难以忘怀……

其实岁月的味道一直都在，只是不常提起。剪撷一段趣事，让记忆的门扉慢慢沁暖。

院　落

或许是老院落尘封着旧事，上了岁数后，一些念想总在我的脑中如缕如烟。那时的院落、巷弄、晒谷场、菜畦等总在记忆中浮现，有时候我也会在梦中转转老院，串串老巷，见见小伙伴。

记忆中的院落，虽壁旧垣颓、屋檐斑驳，院子的边角旮旯却是玩耍的乐园。我常常和小伙伴顺着墙角寻找蚂蚁的据点，水淹蚁军是当时惯用的"战术"，不过蚂蚁也甚为聪慧，"狡蚁三窟"是它们的对策，加之它们天生又会凫水，即便我和伙伴天天发动"围剿战役"，也难以将院落之蚁全部歼灭。

清明时节，墙角地头长出一朵朵白茸茸的黄花，土话将其称为"软菇"。软菇是制作清明果的重要食材。将其晒干与糯米混匀后磨成粉，拌水揉搓，便制成了清明果的皮子。春笋是清明果最主要的馅儿，配上香菇，揉成丸子，蒸熟了，便能吃出山里的味道。

聊到春笋，我回想起那片竹林就在院子后山的边坡上。那可是我家的风水宝地。阳春三月，春笋从土里冒出，挖出笋子，剥开笋壳，将嫩笋切成丝，和年前腌制的腊肉一同翻炒，这便是地地道道的农家大菜。

大自然的馈赠远不止这些，清明前后的荠菜也是餐桌上的佳品。山坡上的蕨菜，很是奇妙，全身包着绒毛，越粗短的越肥嫩。咀嚼着酒糟蕨菜，仿佛能一口气吃进一个春天。

盛夏之季，竹林便是我和伙伴的据点。村里家家户户都有竹园，门前、屋后、菜园子也会有丛丛修竹，我们常常在竹林间"打打杀杀"，或捉迷藏，或光着脚丫子，沿着竹子往上爬。

竹园里有小沟小渠，流水潺潺，芦苇丛的蛙儿、蒿草中的蝈蝈叫个不停。山坡上有许多坟冢，夜间一闪一闪，飘着磷火。那幽幽的蓝光便是俗称的"鬼火"，伙伴间以讹传讹的鬼故事大多发生在这里。我们人小，但胆子很大，捉迷藏时经常往这一带乱窜。

夏天的院子里，菜畦边的马齿苋草开着小黄花。趴在低凹处的马齿苋，叶圆茎红、肥厚汁多，将其凉拌，口感嫩滑，清凉又解暑。木槿花是我的最爱，用米汤将其熬煮，浓稠顺滑、鲜美香浓。

我常常想起戴望舒的那段诗句："小园里阳光是常在芸苔的花上吧，细风是常在细腰蜂的翅上吧，病人吃的莱菔的叶子许被虫蛀了，而雨后的韭菜却许已有甜味的嫩芽了。"人的大脑仿佛有一个记忆的闸门，当你来到似曾相识的地方，嗅到熟悉的味道时，闸门便会迅速打开，曾经的记忆会倾泻而出。

那时的院落充满着烟火味，那时的院落定格在时光的某处，那时的味蕾是念想……

星　空

　　浸没在都市的霓虹里，我时常想念儿时的星空，那时尚未普及用电，对于星月的记忆尤为深刻。

　　每到夏夜，山雾滤过的月色清辉流溢，将村里的古樟树、荷塘、篱笆墙笼罩在祥和静谧之中。屋内的油灯微弱地摇曳着，虫儿在杂草丛中低吟浅唱，村姑借着月色，在小溪旁捣衣嬉闹，一洗山村单调的生活，各家婶婶忙着刷锅洗碗、喂猪圈鸡，男人则聚在一起，摇着蒲扇，拉起家常，摆上龙门阵。

　　我们一帮小伙伴，玩累了就坐在石板上，看着满天繁星，似懂非懂地听大人谈天说地。那时候，星星特别亮、特别近，我们能清晰地看到状如勺子的北斗七星。七夕夜，大人说天上那条群星闪烁的绸带是银河，银河两岸的星星叫牛郎星和织女星，不过那时我总弄不清这条绸带为何是银河。

　　宁静的星空下，我和小伙伴最开心的事，莫过于追逐那些闪着荧光的小精灵。那一闪一闪的萤火虫总能吸引我们的眼球。每当看见成群结队的萤火虫，我们便兴奋开来，左冲右突，伸出手去捉。若萤火虫停在房前屋后，我们便迅速地用枝条将其拨入玻璃瓶内。于是乎，我们奔跑在树林与荷塘间，瓶中的萤火虫点缀着月的星空，也照亮了山村的仲夏之夜；于是乎，蛙声从荷塘中冒出，从水草中荡出，从清风中流出，从星光中筛出。

　　荷塘中浸润着月色，临水的瓦屋倒映在水面上，好似琼楼玉宇，水中的窗户在蛙声中晃来晃去，而蛙声又仿佛从窗口飘出。夜色变得富有诗意，深邃的星空静谧柔美，草与叶泛着淡淡的微光，一阵微风吹过，荷叶发出轻轻的"沙沙"声。

朦胧的夜雾迷散开来，几缕稀疏的白云也在星空下轻轻地飘移，小伙伴依依不舍地随着大人回屋歇息了。此刻的我，总是将心爱的萤火虫置于蚊帐中，在那闪烁着温润的清辉中，伴着寥落的蛙鸣与犬吠声进入梦乡……

如今，夜晚的灯海亮如白昼，人们早已看不清满天的繁星，那时的星空已离我很远很远，萤火流星成了记忆，而那敲更似的蛙鼓仍回荡在心中，韵味声声地敲打着夜的星空。

粽　香

　　"地摊经济"让今年的端午节热闹了起来，卖粽叶、卖艾草的摊位井然有序，久违的青草味，勾起了我儿时端阳的记忆。

　　小时候，每逢端午，我家门口都会插上艾草枝、菖蒲，房前屋后还要泼洒拌着硫黄的石灰粉，虽有避邪之意，但驱虫消毒是主要目的。端阳那天，家人还得用艾叶烧的水沐浴，这样可以祛除百病保安康。母亲会把用艾叶汁煮的鸭蛋放在蛋兜里，挂在我的脖子上。她说，这样能驱瘟避邪。

　　当然，最具仪式感、最热闹的要数包粽子了。邻里间充满着人情味，村里的阿婆、婶婶都会来帮忙。她们一边闲聊，一边包粽子，聊到开心时，整个院落都充满笑声。那个年代，能够吃上粽子，也算是一顿美餐。

　　包粽子可不是那么简单的，光备料就得好长时间。箬叶要在重阳时节采摘，用山泉水泡上几天，风干后，放到来年做粽叶。捆扎带是山上砍下的棕榈叶，将其拿到溪流冲洗，撕开煮沸，再用凉水浸一天。用这些大山里的植物包出的粽子特别清香。

　　那时物资短缺，粽子的食材简单，主要就是糯米，偶尔包上几个腊肉粽子，肥腻腻的令人眼馋，我们平时肚子里没啥油水，肉粽子可是相当诱人的。

　　有一年，父亲的一位老同事托人捎来一些泉州肉粽，这让一家人美滋滋地改善了一回生活。那锅内"咕噜"声中飘出的油香味，我记忆犹新。当锅盖揭开的一瞬间，粽叶的清香与糯米、五花肉、香菇、牡蛎干的香味，交融在一起，扑面而来，让人垂涎欲滴。母亲剪下一个，轻轻剥开，放入碗中，猴急的我迫不及待地狠咬了一口，软糯油滑的肉粽烫疼了我的舌尖……

工作之后，每到泉州出差，我都要到东街钟楼买一些肉粽带回家，为的是回味儿时吃肉粽时停留在舌尖上的那深刻的记忆。不过令人遗憾的是，儿时吃的纯天然的碱粽，如今已难觅踪影。

记忆中的村民将稻草烧成灰，然后用盆子把灰装起来，注入水搅拌后，用纱布过滤，滤出的便是天然的碱水。浸泡过碱水的糯米散发出淡淡的幽香，煮出的粽子金黄剔透，蘸些砂糖，咬起来"咯咯"作响，那种香甜味从唇齿间沁入心脾，我至今难以忘怀。

粽味飘香，今又端阳。时光流逝如白驹过隙，流连岁月只在弹指间，孩童时代期盼节日的心情早已不存，但那埋藏在记忆里的粽香依然回味在我的心中。

故乡杂忆

一、欸乃橹声

外婆家的红厝沿河而建，门前有一石埠。清晨的河面水雾氤氲，女人们在石埠上洗洗涮涮，"叽叽喳喳"地聊个不停。当男人们松开缆绳，跳上甲板，摇着橹缓缓前行时，女人们便直起腰来，目送着船儿驶出桥外。

每年暑假回到外婆家，我看到的便是这柔柔的水乡风情。"咿呀咿呀"的橹声不停地在两岸的房前屋后穿过，水面上摆动的船只，有装水草的、张网捕鱼的，也有赶圩走亲戚的。清澈的小河中，随波溅起的水花，常常将石埠上玩耍的孩童濡湿。

记忆中的夏夜，我常常跟着大人乘着船儿垂钓。只竹篙一撑，木橹一摆，小船便直入河的岔口。月幕下的河面波光粼粼，翠绿的水草泛着光，萤火虫若隐若现。我将手伸入水中，捞起的是丝丝的凉意。躺在船的甲板上，我望着满天繁星，听着船底的水流声，不知不觉地便随着船儿的摇摆，在徐徐清风中进入梦乡。

我喜欢船儿触着水草发出的"飒飒"声，喜欢水鸟"扑扑"的惊飞声，更喜欢那来来往往的"咿呀"橹声。还有一种声音，让我记忆深刻，那便是回荡在晨露中的叫卖声。

悠长的叫卖声，抑扬顿挫，极有韵律，此起彼伏，穿透家家户户的门窗，于是小镇苏醒了。族人站在石埠上，与船上的小商贩进行交易，空心菜、葫芦、丝瓜、豆芽等时令蔬菜被摆满船舷，没有讨价还价，也不会短斤少两，都是街坊邻里，谈天说地，各买所需，其乐融融。

到三江口海军驻地看露天电影是我的最爱。若是打仗的片子，我的心里别提有多高兴，就像被猫爪子挠得急急痒痒的，我早早地就搬着小板凳去操场占位置。小伙伴一边守着，一边吹着"老牛"，比画着自己心中的英雄，盼着天快点暗下来。《地道战》《地雷战》之类的剧情我早已倒背如流，吃零食才是我的头等大事，除非银幕上战斗打响，我才会抬起头来看一阵……

如今，操场上两根竹竿挂着的影幕已成回忆，而放映机的"嗡嗡"声似乎仍萦绕在我的耳旁。岁月悠悠，物换星移，欸乃橹声早已摇入岁月深处。

二、那时的水塘

20 世纪 70 年代，外婆家乡的水系已特别发达，河网交错，水塘星罗棋布。走到哪儿，都有水、有桥。穿过一片菜地或者一片稻田，你就会看到一汪汪的水塘，有菱塘、荷塘、水葫芦塘。那时的水塘不会有朱自清笔下的女子，也没有《采红菱》之浪漫情歌。

那时的水塘中，人们种植的水生植物，一类是充饥解馋的食物，另一类是喂猪的"革命草"，两者有着天壤之别。菱角粉糯，莲藕香甜，这让我觉得不仅是它们的花，连茎带叶都美到极致，哪里是牲畜喜食之水葫芦所能比及的。一如《红楼梦》中香菱所言："不独菱花，就连荷叶莲蓬，都是有一股清香的。但他那原不是花香可比，若静日静夜，或清早半夜，细领略了去，那一股清香比是花儿都好闻呢。"

那时的水塘十分宁静。清丽的花朵在阳光的映照下娇嫩欲滴，时不时有蜻蜓在叶面上停留。若是秋日，虽不懂"残荷雨声"的意境，但残枝败叶漂浮在水面上，倒映着蓝天白云，则愈加清寂。塘边野草丛生，水面上也满是寂寞的水草。牛羊在蛙儿、草蜢的鸣唱中静静地吃着青草，好一派田园牧歌的景致。

那时的水塘也是"风月"之地。"在水一方"既是谈情的好去处，却也是伤情之地；既有水草间的嬉戏，也有痴情怨女的哭泣；既有"那人含约笑"，也有"冷落清秋月"。遗落在草丛间的锈蚀发夹、破旧的草帽，或许记录着曾经的旧事。若是下着绵绵细雨，朦胧的水塘仿佛是隔世离空的红颜。

那时的水塘，最热闹的时候要数夏季。菱角茎盘上长满了弯弯的菱角儿，这些菱角就像金元宝，一蓬蓬地结在藤蔓上，于是碧波绿叶间划过一只只大木盆。沿着菱叶伸手下去，便会采得肚滚腰圆的菱角。大人一上岸，孩童便围成一团，抢抓着鲜嫩的菱角，只用牙一咬，脆甜的香味便充满唇齿间。

到了夜晚，一家人聚在一起，一边啃着煮熟的菱角，一边闲聊着，此时星光、月光伴着粉糯的香味布满院落，虫鸣声和家人的笑声随着凉风荡漾开来，飘得很远很远……

三、外婆桥

外婆家是一幢临水而居的红瓦大厝，位于三江口。小时候，我最喜欢站在二楼阳台眺望海上的点点帆船。

三江口是一个天然良港，清末时对外通商，是商贾云集之地。记忆中的小镇水网密布，船只穿梭，颇具江南水乡景致。

外婆家门前有一条弯弯的河，河水清澈明亮，一座石桥飞架于水面上，船从这里载着货物可直达涵江大市场。

小时候，我常常跑到桥边看大表哥撒网捕鱼。每当拉起渔网，网中满是活蹦乱跳的鱼儿和虾蟹。那时，镇里没有自来水，外婆家放着几口大水缸，每天清晨，大人都要挑着木桶到桥下取水。

盛夏时节，表哥表弟个个从桥上"扑通"而下，在水里追逐嬉闹，只见河面上飞溅起无数晶莹的水花。

最热闹的要数黄昏，来到岸边洗菜捣衣的表嫂表姐，凑在一起，谈天说地，时不时发出银铃般的笑声。

夏季的晚餐很少围桌，大人小孩都是端着碗，夹着小碟在门口或桥上边吃边聊。大表哥酒量好、饭量大，每天都要喝一瓶地瓜烧酒，在河面的凉风下慢慢享用，甚是快意。

外婆家的院子很大，儿时，我常与伙伴玩"枪战"游戏，"战友"牺牲了又活了过来，中枪了又站了起来，我们兴奋地发出阵阵嚎叫。滚铁圈、捉迷藏，也是我们一天之中的必玩项目，房前屋后、楼上楼下、你屋我室，处处都可藏身。

小时候，我最爱吃老舅母做的杂粉和焖豆腐，街边的橄榄串、麦芽糖、爆米花也是日常垂涎的零食。担货郎肩挑着扁食、米粉、豆花等小吃，沿街叫卖，外婆时常塞给我一点零钱，让我这只"小馋猫"在摊点上吃一碗热气腾腾的点心。

外婆百岁寿辰时，族人在桥头的空旷地带搭台唱戏，甚是热闹。外婆清心寡欲、慈祥温和，生活起居很有规律，这大概是她长寿的秘诀。

幼年时期，我被四叔带回外婆家，生活了近两年。此后，每当暑假，我都要回到外婆身边，外婆桥是我心灵的港湾。

摇呀摇，船儿摇到外婆桥，糖一包、果一包，外婆抓条鱼来烧……

守望记忆中的童年，这些记忆会暖暖地陪伴我的一生。

童年即景

一、荔枝

跟着老舅母走亲戚，表亲家房前屋后的荔枝树总是吸引着我，串门的激情就是被那红彤彤的荔枝燃起的。

晶莹多汁、甘甜软滑的荔枝让人垂涎欲滴。每来一阵大暴雨，孩子最为欣喜若狂。风雨中脱落的荔枝"噼里啪啦"地敲打在瓦片上，然后"骨碌碌"地滚将下来。雨一停，小伙伴便冲到屋外，拾捡散落一地的荔枝。大家一边吃着，一边捡着，塞满口袋，仍不罢休。

乡间的荔枝树大多分布于溪流两岸。荔枝树的树冠硕大如伞，树干上满是绿茸茸的苔藓。荔枝成熟的季节，一串串荔枝挂满枝头，沉甸甸地低垂于水面，红砖粉瓦的老厝也在斑驳的光影中透着果实的香甜。

炎炎夏日，年迈的老人坐在树下乘凉歇息，盘根错节的树根隆起在地面上，纠缠成天然的板凳。孩童不顾大人的责骂，偷偷地爬到树丫上，双脚用力拍打"触脚可得"的荔枝。最开心的莫过于乘船穿行于荔枝林，密密匝匝的荔枝直触船舷，我一伸手便能拽下一串串饱满的果实。

到了采摘荔枝的时节，水面倒映着一个个忙碌的身影。大人蹬上梯子，踩着树干，将竹筐挂在枝丫上，用铁丝把枝条钩起，再将串串荔枝折断放进筐子里。孩童则站在树下"守株待兔"。每当熟透的荔枝在采摘的摇晃中从枝头脱落，他们便眼疾手快，将荔枝收入囊中。

夕阳西下，河畔老厝炊烟袅袅。满载着荔枝的小船摇摆在蜿蜒的溪流中，每个人的脸上洋溢着笑容，欢声笑语弥漫在荔枝林间。当年郭沫若被浓浓的荔乡风情所感染，写下了"荔城无处不荔枝"的诗句，盛赞水乡荔景。

丘浚在《咏荔枝》中写道："世间珍果更无加，玉雪肌肤罩绛纱"，描写了荔枝晶莹剔透的果肉和那层薄薄的红膜。小时候，我用小刀轻轻地在膜上划开一圈，将红膜朝上卷起，便可将荔枝制成一盏精美的宫灯。

苏轼的"日啖荔枝三百颗，不辞长作岭南人"表达了他对荔枝的喜好。

荔枝性温，家人会提前将荔枝浸在井水中，据说这样吃不易上火。荔枝须慢品方得其韵。可以小咬一口，让果汁溢出，再以唇贴于果肉上，感受其白润之冰柔，则含之若融雪，甘腴胜醍醐，快哉！

二、马灯

小时候，家里有一盏马灯，我常常把马灯当作信号灯，学着李玉和的样子，大声唱道："拾煤渣，担水，劈柴……"

马灯的灯芯是一条棉绳，洋铁皮的灯座内装满煤油，玻璃罩用铁丝箍着，棉绳将煤油吸满后，点燃灯芯，旋转灯罩，就可防风防雨。

那个年代，马灯是人们夜间外出的照明工具。每当有露天电影时，许多人家便提着马灯，兴冲冲地前往观看。

记得县一中开展文艺宣传时，搭建的戏台上曾挂出一盏气灯，那是当晚最亮的光源。点灯前需往煤油壶中打气，雪亮的汽灯不时发出"嗞嗞"的响声。当看到戏台上的李玉和手提马灯出场时，我又惦记着家里的那盏马灯。回家后，我便兴奋地提着马灯，雄赳赳地走起台步来。

有一次我留宿同学家，他的大哥带着我俩到田里抓泥鳅。当年的场景，我至今都印象深刻。

"双抢"过后，无遮无挡的水田被烈日烤得发烫，到了夜晚，泥鳅便会钻出来乘凉，那便是抓泥鳅的好时候。

夜晚的田野，月色柔美，凉风习习。我们仨提着马灯走在田埂上，草丛中的青蛙听到脚步声，便"扑通扑通"地跳下水田。脚步急，"扑通"声也急，脚步缓，"扑通"声也缓，我们好似脚下踩着琴键，甚是有趣。

大哥手里拿着夹泥鳅的钳子，缓缓前移，我俩则提着竹篓，蹑手蹑脚地跟在后头。只见大哥举起马灯，往田里一照，趴在泥里的泥鳅被突然的亮光惊吓得不知所措，呆呆地僵在那儿一动不动，这个时候，大哥便迅速地用钳子夹住泥鳅。

抓泥鳅看似简单，其实是要有娴熟的技巧的。泥鳅的身子分泌黏液，又湿又滑，夹泥鳅时，动作要快，还要有力度，否则泥鳅尾巴一摆，便会溜之大吉。每当看到青黑的泥鳅出现在面前时，我俩总是欣喜若狂，却不敢吱声，连气都不敢喘，生怕它又钻入泥中。

夜色渐凉，我们手中的竹篓也沉了起来。我不停地用马灯照一照竹篓内翻来覆去的泥鳅，心里想着又有一顿香喷喷的泥鳅粉干了。

走出田埂，过一石桥，呈现在我们眼前的是一片水塘和远远近近的村落。美好的夜晚就这样在阵阵的蛙鸣声中，在夏虫的唧唧浅唱中远去，而马灯那跳动的火苗、如豆的灯焰也永远定格在我的脑海里。

三、小河

在我的记忆中，有一小河，它清清浅浅、波光灼灼，潺潺涓涓地流淌在田野间。河水不深，宽阔的地方仅能浸润我的脚面，最深处也只是没过小腿。每到夏季，小伙伴便光着脚丫，在小河里扑腾着、打闹着。有的拿着小竹篮，悄悄地靠近鱼儿，待它游入"埋伏圈"，迅速抬手，便能逮到活蹦乱跳的小鱼。有的手持竹杈寻找着鱼儿，只用力一击，中叉的鱼儿便挣扎着跳出水面。玩累了，我们便在沙滩上刨一个坑，捅出清水来，再把鱼儿放入坑中。大家趴在沙滩上，摆弄着这些"战利品"，脸上尽是得意的神情。

我们顺着河流往下走，不远处是一片杂草丛生的河滩，芦苇荡成了水鸟的天堂，这里是白鹭等水禽最好的栖息地。每当我们靠近草丛，那些水鸟就飞了起来，溅起一阵阵水花。蜗居的小白鹭不怕生人，毛茸茸的样子十分可爱，水草中游动着小鱼、小虾，让雏鸟渐渐壮实起来。我们在芦苇丛中可寻到一些白色、青色的蛋，偶尔还可以看到小水鸟从蛋壳中挣脱出来。

河滩上的小支流，溪水很清，小螃蟹、小虾大多躲在石头缝里，螺蛳则在水里静静地伸出触角。有的螺蛳吸附在芦苇、枯枝之上；有的会攀爬到石头上，像蜗牛一样慢悠悠地从壳里探出头来。有时，我们还可捞到巴掌大的河蚌，蚌壳上也会附着小螺蛳。这些螺蛳当然都被我们收入随身携带的小竹篓里。傍晚回家，我们便迫不及待地将"劳动成果"交给大人处理，然后我们围坐在一起等着打牙祭。油灯蹿起的火苗，将大家的脸庞照得通红，期待中的我们，借着微弱的灯光，用双手做着小狗的剪影，"汪汪"地叫个不停。

铁锅中炒螺的撞击声，让我们兴奋不已。随着一股辣香味窜入鼻孔，哄闹声顿时消失，馋涎欲滴的螺蛳终于被端上桌。大人用针挑起油灯的灯芯，让灯光更加明亮，我们则争先恐后地往前凑。有的脑门触到油灯的火苗，发出了"嗞嗞"的响声，但全然不顾。大家你一口我一口，吮吸得酣畅淋漓。不一会儿工夫，一大盘肉质细腻、又香又辣的螺蛳，伴着头发的烧焦味，伴着爆灯花的"噼啪"声，被我们消灭干净……

时光犹如静静流淌的小河，童年的小河就是一首欢快的歌。那时的生活虽然艰苦，却有滋有味。如今，每当"挑灯夜读"时，我总能想起挑灯吃螺的往事，读到"有约不来过夜半，闲敲棋子落灯花"的诗句时，也总能想起爆灯花下的那些欢乐时光。

重返故地

酝酿多年的计划终于成行，周末，我陪着老父亲一道重返将乐增源，那里是父母当年下放的村庄。

小车在山间弯道上不断盘旋，离村落越近，我的心越激动。车子在山顶一座破旧的亭子前停了下来，那是过去村民途中歇脚的地方。现在各村通了公路，当年的山间小道早已荒废。

流年似水，太过匆匆，曾经的山路已是模糊的记忆，但这座憩亭，我还是有印象的，依稀记得亭内曾有供路人解渴的山泉水。父母下放的这个乡村很偏僻，我们只需翻过一座山岭就可到达泰宁地界。

下山后不久，我们便到了儿时的故里。记忆中的村庄似乎变小了，但变亮了、变新了。

村支书陪着我们，从村头逛到村尾。当年居住的房子前的鱼塘早已不复存在。如今，年轻人外出经商、务工，许多人家搬到了县城，村庄变得更加宁静。

我与儿时的小伙伴久别重逢，大家显得格外兴奋，说啊笑啊，似乎有说不完的话。

发小问我："小时候记忆最深的是什么？"我脱口而出："炊烟。"

记得村里家家户户厨房的灶台上都有两口锅，俗称"两眼灶"。那时的锅是生铁铸造的，笨重结实，即便破漏了还可修修补补。小时候，我经常与小伙伴上山拾一些枯枝、松针、落叶等带回家，当作柴火之用。

每天清晨，一缕缕炊烟便从瓦房上升起，弥漫飘散，好似一层薄雾，萦绕在树林间，如一幅淡淡的水墨画，给寂静的山村平添了几许韵味。

炊烟不仅是一道风景，更是一种温暖。

那时候我经常跟着母亲翻山越岭，到集镇赶圩。归来途中，每每在崎岖的山路上望见炊烟，我总有一种莫名的兴奋，似乎有了底气和依靠，心里想着快到家了。

农忙时节，每当夕阳的余晖渐渐退去，拾稻穗的伙伴便从田间归来，望着那渐渐消散的炊烟，大家都飞奔似的跑回家，手也不洗就冲上饭桌，毫不在意大人的责骂声。

寒冬季节，我总喜欢坐在小板凳上替外婆吹着烧火棍，望着灶膛里串红的火苗，闻着锅里诱人的香味，那便是最幸福的时光。

酒席间的气氛格外热闹，聊的都是我们家与村民间的友情。父亲常说，是善良纯朴的村民帮助我们渡过了最为艰难的岁月。

大家对外婆的印象特别深刻，对母亲的医术念念不忘。其实母亲并非职业医生，只不过当时的农村卫生条件差，她能够及时医治一些肠道、呼吸道方面的疾病而已。

当年的那一段经历，让父辈结下了一世的情谊，至今健在的老人还常有电话往来。

伙伴的闲聊，把我的记忆带回到从前，穿越到可以依偎在外婆身边的温暖时光。我似乎听到了孩童玩耍的嬉笑声，听到了前辈荷锄归来的脚步声，听到了父亲远行的推门声，这悠长的门声便是母亲殷切的等待……

岁月模糊了记忆，一切已袅袅如烟。拾起那些记忆的残片，流年斑驳如画，但那些温情的光影，藏在脑海里，暖在心房里。

乘着歌声的翅膀

电视剧《北风那个吹》中，帅子在雪地里的那一段舞蹈让牛鲜花为之倾倒。芭蕾舞剧《白毛女》影响了好几代人。20世纪70年代，学校多次组织我们观看这部经典的样板戏，"北风那个吹，雪花那个飘，雪花那个飘飘，年来到……"。动人的旋律、凄美的歌声堪称那个年代的经典。音乐是记忆的载体，它会牵出许多的回忆，让人不知不觉地穿越回年少的岁月。"面包会有的，牛奶会有的，一切都会有的。"在那个物资匮乏的年代，这句台词可谓家喻户晓。《列宁在1918》这部电影，小时候不知看了多少遍，我尤其喜欢其中的《天鹅湖》片段。虽然说不出为什么，但是片中的那段旋律，那舞动的"天鹅"特别新奇，特别吸引我。

父母结束下放后，我家被安置在县招待所隔壁的一座四合院，同时安置的还有省城的一位老干部，他们家的女儿是县一中文艺宣传队队员。她总是在后厢房学着影片中的天鹅翩翩起舞，至今我都清晰地记得她那曼妙的舞姿。

长大后我才知道，四小天鹅欢快的舞曲，王子与白天鹅双人舞中大小提琴缠绵如丝的对答，都是舞剧《天鹅湖》中的精彩部分，而片中的剧院就是闻名于世的圣彼得堡马林斯基大剧院。

记得同学聚会时，大家一起"侃大山"，聊到样板戏时，大伙都说最喜欢芭蕾舞剧《红色娘子军》，因为可以感受到女演员肢体语言的美，含蓄的话语透着当年的青涩记忆。我喜欢《红色娘子军》更多是缘于剧中优美的旋律，特别是吴清华逃出虎口，来到娘子军连队的那一段小提琴协奏曲，在那个以高亢嘹亮为主旋律的年代，显得特别婉转动听。

后来我家搬到县革委会大院。院子里住着一位广播站的播音员，她是从上海下放的文艺工作者。她的歌声每天都从窗外飘来，如同百灵鸟般悠扬悦耳。有段时间，我几乎每天都能听到她唱的《映山红》。当时，我们学校的合唱队也在彩排，准备参加县里的文艺汇演，《映山红》是其中的一首曲目。每次听到她唱《映山红》，我都会跟上她的节拍，练习和声，进步飞快。

有一年春节，母亲带我到6696部队观看省军区文工团的慰问演出，正当我瞌睡于京剧《杜鹃山》选段时，一阵优雅的旋律，让我顿感神清气爽。我翻了翻节目单，是舞蹈《送粮路上》，那柔情似水的女生小组唱，就像纯净的月光倾泻下来，我好似还闻到了花香，柔柔的、温温的。

在那个特殊的时期，一些优美抒情的歌声尤能叩动人们的心弦。我的音乐老师不仅嗓音好，脚踏风琴也弹得好。她弹唱的歌曲《远飞的大雁》是那么亲切，充满着深情，犹如一股清流滋润着我的心田。

上大学时，我第一次独自离家远行。当列车越过长江，跨过黄河时，我望着窗外无边无际的荒野，情不自禁地唱起了《远飞的大雁》。我体会到了乡愁，体会到了成长，于是远方成了心中最深情的缱绻，我的心仿佛乘着歌声的翅膀，离家越来越近……

岁月如歌，那些难忘的旋律，总会不经意地涌上心头，那是一个时代的歌声，那是一个让人感怀的年代。

伞　韵

　　我参观拱宸桥畔的中国伞博物馆时，正值阴雨绵绵的天气，大街小巷冒出的五颜六色之雨伞，构成了一道斑斓的风景线。杏花、春雨，赋予了江南朦胧的意境，而博物馆收藏的各式各样的油纸伞，也展示着烟雨杭州独特的伞之韵味。

　　油纸伞早已成为一个文化符号。记得《工农兵》画册上曾经有一幅《毛主席去安源》的宣传画。画中的毛主席身穿灰布长衫，右臂夹着油纸伞，这把伞成了历经革命风雨的象征。茅盾先生的《我的油布伞》，则让人感慨母爱的伟大，那是一把用温暖织出的雨伞。

　　小时候，我也有一把黄色的、散发着桐油香味的油纸伞。伞骨是竹子做的，刷过桐油的纸显得非常厚重。雨天，我撑着伞上学，手里沉甸甸的，需费劲地将伞扛稳在肩头。雨再大，也不会淋湿衣裳。

　　记得有一天，母亲请修伞匠把那把松了骨架的油纸伞修好了。只见那位师傅坐在大院的瓜棚下，用一根细丝把伞脱落的竹篾串到一起，仔细地扣到伞柄头部细小的孔隙里，用一块补丁缝在破损的小洞上，再刷上几遍桐油，如此，一把破旧的伞奇迹般地"复活"了。如今回想起来，那才是有工匠精神的年代。

　　电影《百万英镑》中的绅士戴着礼帽，手持黑布长伞，他的一身装扮似乎是贵族的标配。太阳伞更是窈窕淑女的至爱。据说，钢制骨伞是欧洲人发明的。在莫奈的名画《撑阳伞的女人》中，画家妻子手中的那把钢制骨伞，让整幅画面充满了灵动。

　　有趣的是，从艺术表现形式上看，男性手中的伞基本上是合起来的，显得沉稳、练达，而女性手中的伞多半是打开的，如同绽放的花朵。在不同种类的伞中，油纸伞最具东方文化之神韵。早在唐代，油纸伞便已流传到海外，唐代的油纸伞是日本艺伎最喜之物，浮世绘中，常常可见手持唐伞的女子。

陈逸飞笔下撑伞的仕女图，将江南女子的婉约生动地描绘出来。油纸伞最能体现烟雨江南的精神特质。白居易在《忆江南·江南忆》中写道："江南雨，古巷韵绸缪。油纸伞中凝怨黛，丁香花下湿清眸。幽梦一帘收。"老天爷给了江南诗意的情致，也让江南的女子如烟似水。

如今人们渐渐失去了看春晚的热情，其实春晚有许多的经典节目值得我们回味。《小城雨巷》就是一个以油纸伞为主题的舞蹈精品。在柔美的小调声中，粉墙、黛瓦、雨巷、油纸伞，让人不经意间走进了戴望舒的《雨巷》，走进了诗意的雨巷，仿佛"逢着一个丁香一样的结着愁怨的姑娘……"

在文学戏剧中，油纸伞总能衍生出万般的柔情。许仙与白娘子在断桥因伞结缘，千年等一回。越剧《拜月亭》同样是因伞生情，从此才子佳人风雨同舟。20世纪80年代的电视剧《上海滩》中，许文强给冯程程撑的那把油纸伞，我至今记忆犹新。油纸伞成了爱情的信物，如果不撑开一把油纸伞，美丽的邂逅似乎就会与你擦肩而过。

过去，客家人使用油纸伞也有习俗。女子出嫁，油纸伞是不可或缺的嫁妆，油纸寓意"有子"，代表多子、多福。男子出远门求学，包袱中也要有伞，有"包福伞"一说，寄托了平安吉祥、求得功名的美好祝福。据说，朱熹曾把经学写于油纸伞上，沿途勤读不辍，终成一代大家。

如今，油纸伞鲜少有人使用，但它那温润的伞柄、芳香的油纸、密密实实的竹骨、撑开时万花筒般的形状，一直烙在我的记忆深处，而它撑起的文化，一如《小城雨巷》中的油纸伞，淡然、静美。

越　韵

　　春雨时节，淅淅沥沥的小雨落入屋上的青瓦，发出清脆的"滴答"声，淳朴的施家岙村便滋润了起来，烟雨迷蒙，如梦如纱。恍惚中，一位撑伞的女子踏着斑驳的青石板，走过诗仙小巷，好似画中人，她是丁香一样的姑娘吗？

　　"江南春绿润如玉，往来不湿行人衣"，雨中的施家岙村别有一番意境。在雨中漫步，听着雨打桃林的"沙沙"声，闻着弥漫在空气中的泥土味，一地雨声，一地芬芳，这便是江南的细腻与精致。

　　施家岙，越剧之乡，这里山明水秀、树木蓊郁，悠悠流淌的剡溪柔美、静谧。李白曾留下《梦游天姥吟留别》的千古绝唱，"湖月照我影，送我至剡溪"。李白的诗和远方就是在这个低调的古村落里，在这一方温润之地，连方言都透着温声细语。

　　绵绵小雨中，在古戏台听一曲越乡软语，最富诗情画意了。清雅音韵浸润着诗化的故事，袅娜水袖舞动着飘逸灵秀的越乡风情。一百多年前，"咿呀"的越韵就是从这个古村落沿着剡溪飘散而出的。甜美的嗓音、灵动的眼神、才子佳人的缠绵、梨花带雨般的情愫……鲁迅曾评论家乡戏"柔情似水"，让看客"怦然心动"。

　　20世纪70年代末，县城的广播、左邻右舍的收音机里不时地传来缠绵悱恻的吴侬越语。越剧版电影《红楼梦》恢复放映时，可谓盛况空前。母亲尤为喜爱王文娟、徐玉兰等演员。"天上掉下个林妹妹……"那个情意绵绵、脍炙人口的唱段，引起了我阅读《红楼梦》的兴趣。

　　一位邻家女孩对越剧尤为痴迷，她也特别喜爱王文娟。那一阵，我的耳畔时常充盈着她的越音唱腔，后来才知她祖籍浙江。记忆中的她，捻着兰花指，长长的辫子垂在胸前，学着王文娟的样子，唱着"绕绿堤，拂柳丝，穿过花径……"，颇有点林姑娘的味道。

生性胆怯的她，有一回让我陪她一起看那不知听了多少遍的《红楼梦》。对冗长的唱段，我总是走眼不走心，却也只能耐着性子，而她很快就能进入角色，时不时擦擦泪水。那个年代和一个女生坐在一起，我总觉得难为情，也怕被同学取笑。记忆中的那场电影，志忑中隐约嗅到她那丝丝长发的清香，真好似天上掉下个"林妹妹"。

越音袅袅，声声柔情，曼妙丝竹伴着春雨，最缠绵不过。悠扬的胡琴，韵味的响板，清丽的唱腔，缥缥缈缈。如水的施家岙，如水的越韵，置身于朦胧的越调声中，古戏台、古村落与记忆都模糊在诗意的杏花丝雨中……

第五篇　淡淡幽情

红莓花儿开

周末，我去看了电影《囧妈》。片中的卢小花深情演绎《红莓花儿开》，是最为感人的一幕，悠扬柔美的声线、细腻如水的和声，表达了囧妈对那一段激情燃烧岁月的眷恋。

20世纪50年代，人们对俄罗斯歌曲的喜爱超越了国界，那是一代人的青春记忆，它所承载的人文情怀，正如谭维维演唱《往日时光》时娓娓道出的"人生中最美的珍藏，正是那些往日时光，海拉尔多雪的冬天，传来三套车的歌声，假如能够回到往日时光，哪怕只有一个晚上……"

俄罗斯风格的旋律基本都采用自然小调。和弦唯美，有着伤感的基调，却总飘散着温情，深沉中透着感人的力量，好像有一种天然的亲和力，让我们为之动容。无论是老一辈人喜爱的《红莓花儿开》《山楂树》，还是今天年轻人熟知的《往日时光》《贝加尔湖畔》，这些具有俄罗斯风情的曲调，总是那么动人心弦。

年轻时，我对电影《牛虻》中插曲的印象特别深刻。曲调中缠绵悱恻、低吟婉转的旋律，似有千言万语，似有千千结。后来我才知道这只曲子是肖斯塔科维奇著名的《浪漫曲》，有着俄罗斯人特有的铁骨柔情。小提琴家安德烈·里欧演绎的肖斯塔科维奇《第二圆舞曲》十分煽情，充满了感染力。虽是隔着屏幕观看，但华丽明快的旋律仍可以让我的心情放飞，浑身的血液似乎都在涌动，处处充满着韵律。

每年的5月9号，俄罗斯都要在红场举行阅兵仪式，庆祝卫国战争胜利日。仪仗队护卫着俄罗斯的国旗，在铿锵有力的《神圣的战争》乐曲中步入红场。这首曲子曾被用作孙红雷主演的《潜伏》的主题曲，每当听到那首《深海》，我总免不了心潮澎湃。

第二次世界大战期间，苏联涌现出一大批鼓舞着这个民族凝聚力的音乐作品。《神圣的战争》就是其中的一首，由战火中成长的红旗歌舞团演唱，如今已被喻为俄罗斯的第二国歌。在俄罗斯人的心目中，这支歌曲崇高庄重，每当旋律响起，他们都会自发地起立，向英雄致敬。

聆听柴可夫斯基的《第一钢琴协奏曲》，在恢宏的气势和优美的旋律中，我可以感受到一股大气磅礴的力量。生活在冰天雪地的俄罗斯人，能够创作出那么多旋律优美又充满激情的作品，可见他们的内心世界和情感是多么丰富。这些音乐中蕴含的独特气质，体现了俄罗斯的民族精神，也是俄罗斯民族性格之内核。

对老一辈人而言，在那个火红的年代，很难找到一个国家的音乐能够像俄罗斯那样让人迷恋。手风琴伴奏的歌曲带给他们的，是萦绕于心中的红色情结。从《钢铁是怎样炼成的》《卓娅和舒拉的故事》到高尔基的三部曲以及普希金、托尔斯泰的作品，这些厚重的、深沉的俄罗斯文学，深深地打动了他们的心。囧妈的俄罗斯之旅正是那一代人对已逝青春的缅怀。囧妈的《红莓花儿开》是那个时代人们的集体记忆，她的歌声寄托着曾经的光荣与梦想。

酒乐融融

老同学邀我到酒肆歌坊小聚，美酒刺激着多巴胺的分泌，高八度的调子居然也顺畅了许多，或许是唱歌时的呼吸促进酒精挥发，大家越喝越尽兴，声音也越来越嘹亮。

美酒飘香歌声飞，当歌与酒牵手相伴，一段美妙的时光便不期而至。三五好友推杯换盏，琴歌酒赋，味蕾与听觉不断交融，身心便得以放松，可谓歌声相伴、畅饮不断。

美酒伴乐律古来有之。饮酒高歌，诵咏抒怀，酒与诗词歌赋总是相依相偎。从先秦的诗经，到宋元的词曲，文人隐士相约而聚，畅饮赋词，抚琴吟曲，酒乐融融。

"对酒当歌，人生几何"，曹操的唱咏深沉内敛；阮籍的古琴《酒狂》，尽显豪饮豁达之魏晋风骨；诗仙太白的诗句"横琴倚高松，把酒望远山"，更是酒乐之结晶。

中国的古曲注重意境，无论是古琴还是古筝，音符如同国画的笔触，虚虚实实，好似山水画的留白，虚无缥缈。这大概就是庄子"大音希声"的理念，让人有无穷的想象空间。

西方音乐则注重旋律，从巴洛克时期的复调到浪漫主义时期的主调音乐，不断在和声、调式上发展变化。不过对于艺术的追求，东西方却有一致性，也能寻找到契合点。例如，普契尼的歌剧《图兰朵》，用一曲"茉莉花"来诠释东方古老的故事，听起来是那么有韵味。

人们在微醺中倾听音乐时，常用"陶醉"一词表达醉心于美酒美乐之美妙心境。酒可渲染气氛，音乐能释放心情，闲暇时光，沉醉在酒乐之中，听觉、味觉便有了妙不可言的韵味。

小酌白酒，猫王的歌是不错的选择，普雷斯利略带沙哑的嗓音，回味绵长，如绵柔的老白干，凛冽而醇厚。若是烫一壶黄酒，静谧的古琴曲能把你带入虚幻之地，似有似无的颗粒感，好似灵魂飘飞到了温柔乡；品红酒时慵懒地靠在沙发上，眯眼听着皮亚左拉的班多纽，迷离醉影中将时光遗忘……

停一停忙碌的脚步，与友人相约小酌，叫醒耳朵，唤醒胃，让音乐融化酒的芳香，让美酒在歌声中氤氲，抚慰你的心灵，跳动的音符或许就是你的诉说。

酒溢香、歌声扬，任思绪放飞，自由、自在、自足。如此，生活也会平添几许闲适与惬意。

红旗颂

    2020 年 9 月 8 日上午，"共和国勋章"获得者钟南山与"人民英雄"国家荣誉称号获得者张伯礼、张定宇、陈薇乘坐礼宾车，在国宾护卫队的护卫下，前往人民大会堂。沿途播放着大气磅礴的交响诗《红旗颂》。钟南山那昂首挺胸的身躯，张定宇步履蹒跚却无比坚定的感人形象，正是《红旗颂》所表达的中华民族砥砺前行、迎难而上、坚忍不拔的奋斗精神。他们不愧是共和国的脊梁、人民的英雄。

    《红旗颂》这部作品唯美动听，充满激情。在我的印象中，过去的"新闻简报"纪录片似乎有过《红旗颂》的背景音乐。作品中那种真挚的情感和昂扬向上的旋律总能打动我的心。

    说起这部交响诗，可能年轻人不太熟悉，因为它不是歌曲，难以传唱，而且在相当长的一段时间内，这部作品很少在媒体上播放。

    在 2009 年国庆庆典中，《红旗颂》的主旋律多次被奏响。特别是当数千人簇拥着五星红旗，伴随着悠扬宛转的弦乐出现时，你会情不自禁地心潮澎湃，内心仿佛充满着革命的浪漫主义情怀。

    近十年来，在国家的庆典上，各大媒体都会唱响《红旗颂》。这首曲子也常常用作大型文艺活动的主题音乐。它那带有强烈抒情色彩的史诗般旋律，已成为我国交响乐舞台上的"红色经典"。电影《建国大业》的背景音乐，就是《红旗颂》旋律的前奏部分。

    我听过很多版本的《红旗颂》，最让我感到震撼的，就是国庆七十周年天安门广场联欢晚会上千人交响乐团的演奏。规模如此之大的交响乐团在世界音乐史上也是不多见的。《红旗颂》是联欢晚会的开场曲，抒发了对红旗的无限热爱，对革命胜利的喜悦之情；在慢板部分，由木管引出的主题细腻委婉，夹杂着对先烈的怀念与追思；当一面巨幅的国旗在《红旗颂》的旋律中冉冉升起时，气壮山河的管弦乐让人热血沸腾……

伴随着《红旗颂》那充满深情的旋律，礼宾车上的钟南山凝望窗外，若有所思。此情此景，我不禁想起舒婷写的《祖国啊，我亲爱的祖国》。诗人描写了苦难的历史、崛起的中华，有哀痛，有深思，有理想，有激情，抒发了对祖国的热爱与期盼，感情真挚，凝重隽永。

"我是新刷出的雪白的起跑线；是绯红的黎明正在喷薄……"当年读舒婷的这首诗，正值八十四年国庆大阅兵，如今回想起来就如同倾听《红旗颂》，令人激情涌动。20 世纪 80 年代，我正当青春，在《年轻的朋友来相会》的歌声中，对祖国的未来充满着无限的期待。今天，我目睹了华夏民族的恢宏气势，见证了祖国的繁荣昌盛，怎能不感慨万千。

我喜欢在音乐中寻找精神寄托，《红旗颂》抒发着一种奋发向上的精神，跌宕起伏的交响诗有奋斗、有追求，有悲壮、有豪情，感人至深。常言道，家是最小国，国是千万家，无论是国还是家，都需要正气，需要勇气。难忘钟南山哽咽着说出的那一句话："什么都压不倒中国人。"当你在工作和生活中面临困难时，请听听这首曲子。透过旋律，它会让你产生情感上的共鸣，它会带给你无穷的力量，它会让你焕发出新的斗志。

难忘 2020 年 9 月 8 日那感人的一幕，难忘澎湃的《红旗颂》。

梁　祝

每次听《梁祝》这首曲子，我都不免感慨这个被传诵了千年的爱情故事，真希望他俩能够永远在一起。

对于梁祝的传说，历史上有不少考证，杭州、绍兴、无锡等地都有梁祝的遗迹。梁祝故里之争仍在进行，当地的文献和民间歌谣也都佐证了其传说的真实性。其实，梁祝的传说发生在哪里并不重要，重要的是人们对于那段千古爱情的向往。

爱，是人世间最美好的情感。问世间情为何物，直教人生死相许。梁祝的爱情真挚、坚贞、凄美。二人同窗三载，情真意切，感天动地，老天爷也因此成全了他俩，他们最终幻化成蝶，比翼双飞，永不分离。

东晋宰相谢安曾隐居于绍兴上虞。祝英台殉情后，谢安有感于"人间真情，天作之合"，写下了"蝶盟良缘一朝订，心若磐石永不移"的诗文，并上奏朝廷，封其墓为"义妇冢"。杭州的万松书院是梁祝的爱情催生地。芥子园的主人李渔的《同窗记》，记载了梁祝在万松书院同窗共读的经历。如今的万松书院已成为杭州有名的相亲角，每年七夕，这里只谈风月，颇为浪漫。

历尽磨难真情在，天长地久不分开。中国的古典爱情，从来都不缺乏想象。现实生活中无法相守，只能飞天而聚，一如牛郎织女的鹊桥相会。这些动人的传说如今已被演绎为电影、戏曲等多种表现形式。越剧就是在梁祝故事的演绎中发展起来的。民国时期女子戏班兴起，袁雪芬、范瑞娟、尹桂芳、王文娟等名伶都来自绍兴乡村，她们从小听着民谣、小曲，在口耳相传的梁祝小调声中长大。她们闯荡上海时，首先就是把梁祝搬上舞台。

20 世纪 50 年代，周恩来参加日内瓦国际会议时，将袁雪芬、范瑞娟主演的《梁祝》传播至瑞士，外国政要被缠绵悱恻的爱情故事与柔美的唱腔所感染，梁祝从此走上了世界的舞台。《梁祝》的小提琴协奏曲虽然采用的是西洋的音乐体裁，却吸收了越剧丰富的器乐表现形式。这部具有浓郁民族风格的曲子早已蜚声国际乐坛，被尊称为"中国的《罗密欧与朱丽叶》"。

我收藏了很多版本的《梁祝》音乐唱片，有俞丽拿、盛中国、西崎崇子、吕思清的小提琴协奏曲，还有钢琴、二胡、笛子的独奏曲。每当播放这些唱片，我随着曲调仿佛能够听到两只蝴蝶灵魂深处的呼吸，那是一种精神上的享受。

在七夕夜聆听梁祝的小提琴协奏曲，那融在乐曲中的万般柔情，仿若穿越了时空，滋润着人们的心田。长笛的鸟语花香、双簧管的田园风光、竖琴的潺潺流水，把人们带到了诗意的山水音画之中。一段千年的爱情漫过时光，由远而近，缓缓而来。大提琴、小提琴你一言我一语，那种委婉与含蓄，从琴弦中深情地流出。从相遇到相知，从十八相送到生离死别，每一次柔美如丝的滑音，都在互诉衷肠；每一个颤动的跳音，都在跌宕起伏的旋律声中将内心的情感带入，让人一时不知今夕是何年。

在中央电视台的《经典咏流传》中，耄耋老人巫漪丽深情地演绎了与她相伴六十年的《梁祝》。现场观众泪流满面，起立鼓掌，向八十八岁的老艺术家表示敬意。时隔一年，这位《梁祝》钢琴曲的编创者化蝶而去，她留下的凄婉、动人的旋律，永远萦绕在人们的记忆里。

古往今来，多少爱情聚聚散散，随风而逝，而远远飞来的两只蝴蝶却被传唱了千年。梁祝真正打动人心的，是对比翼双飞的追求，是对永恒相伴的渴望。人世间，还有什么比这两只蝴蝶的情感更加让人动情呢？

今年的七夕于我而言是伤感的，我独自一人聆听《梁祝》，如水的旋律好似浸润了整个夜色。在这个飘荡着思念的日子里，清浅的音符从心中轻轻地划过，柔情的慢板流淌于记忆里，如烟的往事也在追思中弥漫。

生则长相守，逝则长思忆。小提琴细腻婉转的琴声丝丝入扣。音符里，有我想要说的话；旋律中，有我的情感寄托。恋远去的时光，念过往的美好，山水之情，羽化之梦，藏在了我的心间。

聆听凯尔特

　　每个国家都有自己特有的文化符号，如丹麦的美人鱼、希腊的荷马史诗、荷兰的风车、爱尔兰的音乐和诗歌。

　　爱尔兰人是凯尔特人的后裔。如今的凯尔特人主要分布在爱尔兰、英国的苏格兰和威尔士。凯尔特民族孕育了大量的文学家和诗人，王尔德、萧伯纳、叶芝都是爱尔兰人。这是一个浪漫、忧郁、神秘的国度。

　　风靡世界的魔幻小说《哈利·波特》《霍比特人》和《魔戒》，都源于凯尔特的神话故事。凯尔特音乐更是新世纪音乐的代表，凯尔特这个民族也因此备受世界的关注。

　　凯尔特的音乐柔软得像丝线，清澈婉转，美轮美奂。悦动的旋律充满了灵性，让人思绪万千，心旷神怡。凯尔特音乐既是凯尔特民族的音乐，也是新纪元音乐的灵魂。

　　当代音乐大师的作品中有着大量的凯尔特曲风。例如，詹姆斯·霍纳的《勇敢的心》《泰坦尼克号》，约翰·威廉姆斯的《哈利·波特》，久石让的《天空之城》的主题曲，都属凯尔特风格。而霍华德·肖的《霍比特人》《魔戒》的音乐插曲则让人有身临其境之感，借由音乐，听众似乎进入爱尔兰的山川、湖泊、草甸、古堡等梦幻的田园画卷之中。

　　或许是神奇秀丽的大自然造就了凯尔特深邃、空灵的音乐。当下国内许多休闲文化场所播放的背景音乐，大多属凯尔特风格，如瑞士的班得瑞、挪威的神秘园。虽然凯尔特离我们很遥远，但它的音乐早已渗透至我们日常的生活中。

　　晓池同学曾推送过莎拉·布莱曼演唱的《斯卡布罗集市》这首经典

的凯尔特民谣。莎拉·布莱曼和恩雅演绎的凯尔特风情，总是那么空灵缥缈。当年莎拉·布莱曼在美国百老汇的音乐剧《猫》中，首唱主题曲《回忆》一炮而红。我很喜欢恩雅的音乐，不仅仅是因为她那空灵的声音，还因她音乐的全部，包括作词、作曲、演奏与制作。恩雅演唱《魔戒》中的《祈愿》，仿佛洗尽了人间的铅华。听者可以随着歌声进入一个天籁般的世界。恩雅曾遭遇车祸而昏迷不醒，在与死神擦肩之后，她写下了触及灵魂的《唯有时光》，并成为"9·11"事件报道的背景音乐。恩雅的《永恒之花》，安宁柔美，至性至灵，听者仿佛可以感应到天使般的声音。

王菲在《重庆森林》中演唱的《梦中人》荡漾着青春的激情。这首经典插曲的原唱是爱尔兰著名的小红莓乐队。爱尔兰歌曲《被偷走的孩子》源于叶芝的同名诗歌。这是一个关于仙女诱拐小孩的古老传说，有着凯尔特音乐特有的悲愁、凄美与期盼。

叶芝的另一首诗《经柳园而下》也被谱曲成歌。我国将其直译为《莎莉花园》，并将其收录在《爱尔兰画眉》专辑里。诗歌和音乐是密不可分的。爱尔兰的许多诗歌都成了世界名曲，如《夏日的最后一朵玫瑰》《丹尼男孩》。

科恩兄弟执导的影片《醉乡民谣》的主题曲《离家五百里》曾获奥斯卡提名奖。许多人以为这是美国的乡村音乐。其实，它是一首凯尔特风格的民谣，20世纪60年代在美国波士顿爱尔兰后裔中广为传唱。记得第一次听《离家五百里》，我就被歌声中的浓浓乡愁所打动。"一百里，两百里，三百里，四百里，上帝啊，我已离家五百里……你可听见火车的汽笛……"歌声不紧不慢，娓娓道来。

每当听这首歌，我就会想起自己上大学的情景。火车也是这样冒着白烟，鸣着汽笛，远离故乡。列车从家乡驶出，车厢里会播放《祝你一路顺风》，列车驶进站内则播放民乐《喜洋洋》。每当车厢传出《祝你一路顺风》时，我总是依依不舍；而当播放《喜洋洋》时，我顿时喜气洋洋。如同《离家五百里》的离情别绪，这两首曲子在我心里已然打上了对家乡眷恋与不舍的烙印。

　　凯尔特是一个古老的民族，凯尔特人在劳作中歌唱，在迁徙中歌唱，在抗争中歌唱。他们的远古传说口耳相传。他们抱着竖琴，带着哨笛、风笛到处传唱。凯尔特的音乐充满了诗意，透着真、善、美。就如同中华文明的古老诗经，"呦呦鹿鸣，食野之苹。我有嘉宾，鼓瑟吹笙。吹笙鼓簧，承筐是将。人之好我，示我周行"。

　　音乐是精神世界的产物，要了解凯尔特，最好的方式就是聆听他们的音乐，那是凯尔特的民族之魂。

古典与现代

不久前，我看到一则新闻：第二次世界大战期间，美国大兵比尔与女友贝纳迪恩尝尽离别之苦。比尔的战场情书写尽了对恋人的思念和爱。幸运的是，战争中的比尔顽强地活了下来，并与贝纳迪恩结婚，生活了六十三年。贝纳迪恩离开人世后，比尔深陷痛苦中不能自拔。或许是比尔的深情感动了上帝，当年丢失的书信又回到了他的手中。这些来自七十年前的情书，让比尔激动不已，重温了昔日的恋情。

这则新闻让我想起了好莱坞电影《时光倒流七十年》。该电影讲述了一个动人的爱情故事。更为动人的是影片中的插曲《Somewhere in Time》。这首配乐作品借鉴了拉赫马尼诺夫的《帕格尼尼主题狂想曲第十八变奏曲》的曲调，在温馨柔和的旋律中，听者可以感受到拉赫独有的神韵。拉赫马尼诺夫的传世钢琴曲和《Somewhere in Time》在某种程度上成就了这部电影。这首曲子当年曾获得奥斯卡多项提名。

20 世纪 60 年代，现代音乐掀起了一股复古风，古典音乐和现代音乐之间的鸿沟逐渐被跨越。英国歌手盖瑞·布鲁克在创作摇滚乐《苍白之影》时，吸收了巴赫时期的音乐风格，在歌曲的开头及间奏，运用管风琴营造出空灵、柔婉、悠扬的旋律。这首带有巴赫气息的歌曲，成为 20 世纪 60 年代古典摇滚的代名词。

进入新世纪，现代音乐的创作融入了各种古典技法，古典音乐与现代音乐日益密切。很多音乐制作人都拥有良好的古典音乐素质，借用古典音乐增色的曲子日渐增多。莫扎特的《g 小调第四十交响曲》，是其交响乐中最著名的作品。而第一乐章的主题旋律就出现在 S. H. E. 的《不想长大》这首歌曲中。那句耳熟能详的歌词"我不想，我不想，不想长大"曾风靡一时。陈慧琳演唱的《恋人协奏曲》曾获香港电影金像奖最佳电影歌曲奖。而这首歌曲的旋律就是巴赫的一首著名的小步舞曲。周杰伦在写歌时，也常常引用古典音乐的旋律，并在曲式、和声上做一些改变。他的《琴伤》采用的就是柴可夫斯基《船歌》的旋律，间奏部分则采用莫扎特的《土耳其进行曲》。

　　我很喜欢好莱坞电影《倾国之恋》的配乐。作曲家深谙古典音乐文化，这首名为《魅力》的插曲，有着浪漫主义后期的音乐风格，曾获金球奖最佳电影配乐提名。这首曲子有很强的感染力，前奏部分的凄美与温暖，一下子就能抓住人心。随着音符的流淌，在管弦乐的铺垫下，旋律层叠而起，缱绻缠绵中，带着淡淡的伤感，让人感受到"W. E."一生的柔情。婉转抒情的弦乐伴着轻盈的电声器乐，将古典与现代音乐融为一体，非常精彩。

　　"此刻，我们属于彼此。"这是爱德华八世写给华里斯的，"We are ours now"被镌刻在温莎公爵夫人的戒指上。"W"和"E"这两个字母分别是华里斯（Wallis）和爱德华（Edward）名字的首字母。这应该是世界上最简洁、最美、最有寓意的情诗吧。

　　电影《倾国之恋》再现的就是这一段不爱江山爱美人的故事。英王爱德华八世为心中所爱毅然退位。对这场惊世之举的婚姻，历史上褒贬不一。华里斯更是承受了许多人的责骂声，她在给家人的信中写道："你无法想象，我有多么艰难。而现在，我还要与他生死相许，不能离弃，无处可逃。"

　　于世人而言，这段旷世之恋的真实情况，大概永远都是一个谜。英国王室始终接纳不了这对传奇的灵魂伴侣。不过，劳合·乔治称爱德华为英国最杰出的使节。关于华里斯，木心先生有过一段话："她有着林中清泉的美，她是属于上上个世纪的，或说，十九世纪留给二十世纪的悠悠人质。"

　　我觉得，21世纪的今天，关于爱情，或许再也寻找不到那种林中清泉的气韵了。幸运的是，19 世纪以及更加久远的音乐的那种古典之美，留传至今。

我爱这土地

"为了一个雷鸣般的声音，为了一种共同的语言，扼住战争的咽喉吧！当理性被撼动，当灵魂被逼疯，谁能承受。当被压迫者的灵魂，狂怒着在动乱中反抗，谁能承受……"悲壮的诗歌《谁能承受》释放出英国诗人布莱克内心的愤怒，呼唤着被压迫者拯救命运的呐喊声，激荡着打破黑暗世界的革命者的激情。这首浪漫主义时期的诗歌与岳飞的《满江红·写怀》有着异曲同工之澎湃豪情。

岳飞的《满江红·写怀》，情致之深沉，气势之磅礴，在抗日战争中感染了无数中华儿女。宋词是古时的流行歌曲，但它的曲调由于年代久远而失传了。幸运的是，《满江红》的曲调留传至今。这大概是因为岳飞一腔热血的英雄气概一直鼓舞着中华民族；其英勇悲壮、精忠报国的凌云之志让历朝历代倚声而歌。

欧洲浪漫主义早期的贝多芬在他的《命运》交响曲中唱出了"扼住命运的咽喉"，布莱克则写出了"扼住战争的咽喉"。而早在南宋时期，岳飞就有了"八千里路云和月"的英雄的浪漫主义情怀。"怒发冲冠，凭栏处、潇潇雨歇。抬望眼，仰天长啸，壮怀激烈。三十功名尘与土，八千里路云和月。莫等闲，白了少年头，空悲切。"其英雄之豪迈，不同凡响。

由著名演员白杨、陶金主演的电影《八千里路云和月》从一个侧面再现了"八·一三"全面抗战的历史画面。影片的插曲《新编九·一八小调》由崔嵬作词、吕骥作曲。这是当年崔嵬与张瑞芳演出抗日活报剧《放下你的鞭子》时演唱的歌曲。这首唱出中华民族心声的小调，随着文艺人士的艺演而被传至大江南北。悲情的歌词和哀婉的曲调直击人心，这首歌成为一首经典的抗战歌曲。

20世纪80年代，台湾艺人凌峰来到大陆拍摄电视节目《八千里路云和月》。凌峰说，他父亲一辈子的梦想就是回山东老家，拍摄《八千里路云和月》是一种家国情怀。这档电视节目，每集我都看过，其中的山东篇我看过好几遍。

在我读大学期间，山东电视台拍摄了一部电视剧《武松》，这是继电影《少林寺》之后，又一部轰动一时的讲究功夫的影视作品。祝延平饰演的武松形象至今无人超越。在电影《少林寺》中出演"王仁则"的著名武术教练于承惠，则扮演张团练的角色。这部电视剧的配乐也很出彩，有着山东民间音乐特有的淳朴与豪放。当年学吉他时，我的老师用唢呐吹奏了这支曲子，并说这是山东民乐《一枝花》的曲调。

山东人爽朗、质朴，其民间音乐也有着淳朴、清新的特点，如《沂蒙山小调》。电影《长津湖》中，雷公在牺牲前哼唱着《沂蒙山小调》，让观众为之落泪。影片中的多个原型都是山东汉子。山东人重情重义，齐鲁大地多慷慨悲歌之士，也就有了类似唢呐曲《一枝花》的慷慨悲歌，苍凉中带着一股豪迈之气。音乐与诗歌具有相通性，也因此，山东汉子辛弃疾成就了豪放派词人的地位；李清照在国破家亡之际也写出了"生当作人杰，死亦为鬼雄。至今思项羽，不肯过江东"的豪迈诗句。

辛弃疾曾勇闯敌营，生擒叛贼。他在《鹧鸪天》中写道："壮岁旌旗拥万夫，锦襜突骑渡江初"，说的就是当年金戈铁马的英雄业绩。辛弃疾有着山东人典型的慷慨豪爽、行侠仗义的气质。他说："我最怜君中宵舞，道男儿到死心如铁。看试手，补天裂。"这种报国心、英雄心，为他的诗增添了侠士之韵味，也让他在豪放的诗词路上一骑绝尘。

这位豪放派诗人有着收复河山的理想，有着驰骋沙场的英雄梦。他虽然抱负难展、壮志未酬，但是他的理想、梦想激励着无数有志之士。每当中华民族陷入危亡之际，辛弃疾的声音就会响起，人们从他那不屈不挠、慷慨激昂的诗词中汲取精神力量，化作金戈铁马，化作鼓舞士气的冲锋号角。

台湾艺人陈彼得的作品《迟到》《阿里巴巴》曾经是我们青春的记忆。在中央电视台的《经典咏流传》中，七十四岁的陈彼得演奏的辛弃疾的《青玉案·元夕》，豪情万丈，直冲云霄。他朗诵艾青的《我爱这土地》，那份炽热的爱国情怀，让全场观众热泪盈眶。

艾青的这首诗写于1938年10月武汉失守之日。《我爱这土地》让我们感受到诗人那份赤诚之心。陈彼得的朗诵感人至深，动情处，他泪流满面。那是一位老者的真情流露，那是流在心里的血，澎湃着中华的声音。

名著中的经典

　　周末，我来到一家网红书店。人气很旺，但看书者就我和两个孩童。书店似乎成了社交场所，人们喝着咖啡聊着天，还有专程来拍照打卡的一群姑娘。高高在上的书籍仅仅是摆设，这里的营销重点不是售书，而是"书店＋咖啡"的文创形式。这种氛围让我一时找不到看书的感觉。

　　书店的灵魂在于书与读，读书需要的是"无丝竹之乱耳，无案牍之劳形"的心境。可如今，功利的社会、浮躁的心态，让书店冷清了不少。匆匆的生活中，总有看不完的朋友圈消息，许多人没有时间与精力去买书、看书了。

　　记忆中的过去，知识的春天刚到，新华书店排着"长龙"，图书馆内座无虚席，人们爱不释卷，为实现四个现代化而读书。一批外国名著改编的电影，如《巴黎圣母院》《悲惨世界》《简·爱》《牛虻》，一票难求。由此，也让我们大开眼界。

　　年少读名著时，我对书中的一些章节似懂非懂，而看了由名著改编的这些电影，我对小说中的人物、情节有了一定的理解，对于外国音乐的喜好也是从那时的电影配乐开始的。

　　夏洛蒂·勃朗特的《简·爱》多次被拍成电影，由约翰·威廉姆斯作曲的《The Jane Eyre Theme》，旋律十分动人，我至今记忆犹新，如今还经常翻出这部影片观看一阵。李梓那内敛含蓄、富有典雅气质的配音，在钢琴跳动的音符中完美地诠释了简·爱的心路历程。一个人，无论是贫穷还是富有，在精神层面是平等的。简·爱在花园里和罗彻斯特讲的那段话，在当今社会仍有教育意义。

在欲望充斥的时代里，又有多少人会像简·爱那样，为了追求平等的精神生活而放弃一切，崇尚独立的人格魅力，维护自由、有尊严的爱情。这类净化人的心灵的佳作如今已不多了。

李梓在为《巴黎圣母院》配音时，她那细腻、甜美的声音让观众尤为喜爱吉卜赛女郎埃斯梅拉达，也让大家能够更直观地感悟雨果所要阐述的社会之美与丑。李梓与乔榛配音的电影《叶塞尼亚》则最为浪漫。当柔美抒情的音乐在影片中响起，一幅缓缓打开的温暖画面，便点燃了那一代人对爱情的向往。那些经典桥段已然成为那个时代人们的美好记忆。

电影《牛虻》现在已很少有人提及。这部影片中曾经有着最具影响力的革命者形象。"无论我是活着，还是死去，我都是一只牛虻，快乐地飞来飞去。"这是牛虻在狱中写给恋人琼玛的一首诗歌。爱尔兰女作家伏尼契的《牛虻》影响了一代年轻人。当年，许多人都喜欢在日记本中摘录这一句名言。肖斯塔科维奇为影片所作的配乐《浪漫曲》，与法国作曲家马斯奈的《沉思》风格一致。小提琴的叙事旋律轻吟倾诉、缠绵悱恻，那种剪不断理还乱的思绪，让牛虻难以解脱。如今的音乐会上，这首浪漫曲仍然是热门的经典曲目之一。

《乱世佳人》是一部根据玛格丽特·米切尔的小说《飘》改编的美国电影，1939 年夺得奥斯卡八项金像奖，至今未被超越。改革开放初期，这部影片作为资料片并未对外公演。不过影片的主题音乐早已流行于翻录的磁带中。跌宕起伏的旋律，展现出美国南北战争的历史轴卷，娓娓道来的是主人公乐观开朗，在逆境中永不屈服的形象。欣赏电影《乱世佳人》，需要静下心来，如此，才能够在近四个小时的时间里，尽情地感受影片中的精彩，并伴随着片尾的那句台词："毕竟明天又将是新的一天"而入眠。

伦敦的西区、纽约的百老汇，是世界音乐剧的中心。我们熟知的《悲惨世界》《猫》《歌剧魅影》《西贡小姐》四大经典音乐剧，都出自这两个地方。歌曲《云中的城堡》是音乐剧《悲惨世界》中最纯净最美好的声音了。剧中饱受虐待的珂赛特，幻想着自己到了云中的城堡，过着无忧无虑的幸福生活。小珂赛特的童声天真可爱，她在渴望中兴奋地唱出了自己心中的梦想。

聆听这些经典曲目，你会发现，它所展现的人间百态中，总有一个人物与你的心灵是相通的。你可以进入角色的内心世界。就像小珂赛特，她用心中的太阳照亮心中的城堡，尽管现实是残酷的。

音乐的魅力在于能够慰藉一颗孤独的心，能够消除心中的忧伤，能够从中汲取力量，能够让自己变得坚强，也能够在音乐中遇到高尚的灵魂。

美好的礼物

　　马友友与艾莉森·克罗丝演绎的歌曲《简单的礼物》清新隽永，好似晨曦中带着露水的小草，纯洁净美。大提琴的弓弦悠然地拉出主旋律，克罗丝柔情的嗓音叠加而入，轻声吟唱，仿佛茫茫天地中只有低沉的琴声和唯美的女声在飘荡。

　　阿巴拉契亚是北美的大山脉，当年漂泊到新大陆的移民就生活在阿巴拉契亚山脉以东的新罕布什尔州与佐治亚州之间。作曲家科普兰运用《简单的礼物》的旋律创作了芭蕾舞曲《阿巴拉契亚之春》。这个作品描写了阿巴拉契亚山区的婚礼场面。村民向新人赠送礼物，围着新房载歌载舞，祝福新人，祝福他们未来的美好生活。

　　当年约翰·威廉姆斯在创作《辛德勒的名单》主题音乐时，颇费周折。他对导演斯皮尔伯格说："你应该找一个更棒的作曲家。"斯皮尔伯格说："是的，可是他们都在天堂。"斯皮尔伯格建议他改变一下以往的曲风，于是，威廉姆斯放弃了他最擅长的交响诗配乐，采用小提琴独奏的形式确定了旋律的基调。他用简单的音符刻画主题，再用简单的重复在旋律中进行反复。当听完小提琴家帕尔曼的演奏时，他感动地流下了眼泪，说这是他收到的最圣洁的礼物。这部影片的配乐后来获得了1993年奥斯卡最佳配乐奖，也成就了威廉姆斯个人的经典传奇。

　　出生在以色列的帕尔曼就像是一位倾诉者，他演奏的忧伤的旋律透着犹太人的苦难与不屈，每一个音符都流淌着犹太民族悲情的记忆。在如泣如诉的演奏中，帕尔曼融入了对犹太民族至暗时刻的悲悯与感恩之情。我在上海外文书店购买过一张德国版的《辛德勒的名单》电影配乐唱片。时至今日，每当我聆听这张收藏了二十多年的碟片时，其哀婉悠长的曲调仍能触动我的心。

约翰·威廉姆斯被尊称为"音乐灵魂的谱写者"。这首写出了人性深度和广度的作品细腻而深沉，体现了人类最朴实的情感。每当于忧伤的旋律中聆听出希望，聆听到温暖时，我的心情便仿佛得到了安抚。深情隽永的音乐，让人有一种心灵上的契合感。

约翰·威廉姆斯曾经将《简单的礼物》进行改编，在奥巴马总统就职典礼上，由马友友、帕尔曼等四位音乐家领衔演奏。这四位演奏家有身体健全的，也有身患残疾的，他们有着不同的肤色、不同的性别、不同的种族，寓意着平等、包容与博爱。这是音乐家送给美国新任总统的"简单的礼物"。

爱尔兰著名乐队西城男孩推出的《阳光季节》曾风靡一时。这首略带伤感的离别之歌充满了亲情、友情和爱情，道出了生命中的感激之情。

《你鼓舞了我》的歌词源于爱尔兰的一首诗歌。这首歌作为励志和感恩的音乐，曾经在纪念"9·11"的音乐会上被用于颂扬消防队员英勇救人的感人事迹。

感恩是人类最美好的，也是最简单的礼物。因为感恩，我们才能感受到别人的鼓舞，因为鼓舞，我们才能站在群山顶端，才能横渡狂风暴雨的大海，才能超越自己。

风中之烛

20 世纪 80 年代中期，英国的威猛乐队来到北京工人体育场，主唱乔治·迈克尔带来了他十七岁时创作的《无心低语》。这是西方到我国演出的第一支现代摇滚乐队，让国人为之震撼。动感十足的节奏、热情奔放的舞台表演方式迅速在我国流行开来。不久，崔健和他的乐队在北京工人体育场唱响了《一无所有》，拉开了中国摇滚乐的序幕。随后，黑豹、唐朝等我国第一代摇滚乐队相继登上舞台。

到了 20 世纪 80 年代末，英国的甲壳虫乐队、滚石乐队的音乐专辑，点燃了年轻人对摇滚音乐的热情。那个年代，只有在北京、上海等大城市的大型的新华书店，才能买到这些国外的流行音乐唱片。

正翔向我推送过一首动感十足的怀旧舞曲，即 20 世纪 80 年代风靡一时的《路灯下的小女孩》。这支曲子来自德国柏林 Pop 乐队 Modern Talking 创作的《路易兄弟》。记得当年与裕飞一起学跳迪斯科，我买了一盘太平洋影音公司出版的迪斯科专辑磁带，其中最喜欢的舞曲便是《路灯下的小女孩》。每次播放这支舞曲，我都会情不自禁地跟随音乐扭动身体。一晃三十多年过去了，似乎岁月不老，青春依旧。

梅艳芳、杜德伟、西城秀树等都翻唱过英国的音乐天才乔治·迈克尔的《无心低语》。2012 年伦敦奥运会的闭幕式上，乔治·迈克尔再次吸引了全世界的目光。他创作的《去年的圣诞节》如今仍然是圣诞期间各大商场播放的歌曲。他于 2016 年的圣诞节离开人世。

伦敦西区是英国的艺术文化中心。20 世纪，这里是英国流行音乐的策源地。甲壳虫乐队、滚石乐队、皇后乐队的音乐专辑，均由西区的唱片公司录制出版。伦敦西区也是与纽约百老汇齐名的戏剧中心。《歌剧魅影》等四大音乐剧都诞生于西区。这里曾经是戴安娜经常光顾的地方。每年到了戴安娜的忌日，西区附近的肯辛顿宫都会摆放着许多鲜花及各种留言。

当年戴安娜嫁给查尔斯，全世界都以为这是段童话般的爱情，浪漫又幸福。可没过多久，他们的婚姻就出现了问题，查尔斯与旧情人的藕断丝连，让戴妃伤心不已。这位世人仰慕的王妃，在光鲜亮丽的背后，却有着种种的痛苦和无奈，孤独和寂寞始终陪伴着她。

戴安娜后来把全部精力都投入到公益事业中，她用自己的知名度和人格魅力，为慈善机构筹措资金。她的身影出现在世界各地，她致力于帮助非洲贫困地区的儿童和艾滋病患者。戴安娜在英国人的心目中有着很高的地位和亲和力。

与查尔斯离婚后的第二年，戴安娜不幸在塞纳河畔遭遇车祸而香消玉殒。英国著名歌手埃尔顿·约翰把一首曾经写给玛丽莲·梦露的歌《风中之烛》重新改写为《风中之烛1997》，并在戴安娜的葬礼上演唱，世人无不为之动容。

《风中之烛1997》这张唱片是在戴安娜的葬礼之后发行的。该唱片的销售所得全部捐给慈善机构。该唱片的销售量仅低于平·克劳斯贝的《平安夜》。

平·克劳斯贝是20世纪40年代美国最具实力的爵士乐歌王。据说，罗斯福总统曾咨询麦克阿瑟："用什么方法最能鼓舞美军的士气？"麦克阿瑟笑着说："让士兵听平·克劳斯贝的歌。"平·克劳斯贝演唱的歌曲《Changing Partners》充满了温情，醇厚且富有磁性，传说是戴安娜生前喜欢的歌曲之一。

茱莉亚·罗伯茨和休·格兰特主演的影片《诺丁山》是一部甜蜜的爱情电影，讲述了好莱坞女明星安娜到伦敦西区拍摄电影，机缘巧合，她来到一家小书店，结识了腼腆的书店主人威廉，由此碰撞出爱的火花。几经周折，二人最终冲破了世俗的偏见而相爱。影片中的安娜是幸运的，但现实中的戴安娜是不幸的。安娜有一段独白令我印象深刻："我只不过是一个女孩，一个站在心爱的男孩面前的，需要他爱我的女孩。"在这一点上，戴安娜颇像安娜，她最终勇敢地选择了自己想要的生活。她的勇气、真诚与友善，正是人们喜欢她的原因。

传承、创新与普及

20世纪80年代，姜文和巩俐主演的电影《红高粱》红遍我国大江南北。赵季平作曲的《妹妹你大胆地往前走》和《酒神曲》更被传唱于大街小巷，以至于火车途经高密站时，我会探出头，看看有否高粱地。

赵季平为《霸王别姬》《大红灯笼高高挂》《大宅门》等影视作品所作的配乐充满了中国文化元素。京胡、鼓板、笛子和萧的运用，铿锵有力的锣鼓点，让京剧音乐交响化，也让国粹生香的音乐走上国际舞台。在柏林森林音乐会上，柏林爱乐乐团演奏了赵季平的《霸王别姬管弦乐组曲》。其中独具魅力的中国味打击乐，让欧洲人领略了中国交响音乐的风韵雅致。担任指挥的长野健是继小泽征尔之后的又一位大师级人物。如今，他是巴伐利亚国家歌剧院的音乐总监。

柏林森林音乐会在露天剧场举行，人们可以一边欣赏世界顶级的音乐会，一边喝着饮料。《柏林的空气》是柏林爱乐乐团的传统返场曲。每当压轴的《柏林的空气》响起时，观众都会欢快地随着节拍，兴奋地拍起手来，享受着音乐带来的激情。在默克尔的离任仪式上，大家都觉得她会选择《柏林的空气》这首心仪之曲，不曾想她挑了一首离经叛道的朋克摇滚，彰显了默克尔俏皮的一面。

类似的音乐会还有伦敦的逍遥音乐节、维也纳的美泉宫夏季音乐会，它们都具有很高的艺术水平，欣赏音乐的氛围也十分宽松，没有大剧院的正儿八经，也无须打扮得很正式。央视音乐频道转播过维也纳美泉宫夏季音乐会，执棒指挥的是享誉世界的艾森巴赫，也是郎朗的伯乐。那一年，郎朗演奏了理查·施特劳斯的《d小调滑稽曲》和莫扎特的《土耳其进行曲》。

露天音乐会最大的功能就是普及音乐知识，满足广大听众的根本要求，票价低，甚至免票。南京中山陵音乐台是民国时期建造的露天剧场，四周芳草如碧、绿树成荫，是真正意义上的森林音乐大舞台。当年，我和裕飞第一次来到中山陵音乐台，就被古希腊式的建筑风格吸引——扇形的布局，圆点为表演舞台，背面精巧的照壁具有传导音效之功能。如今，这里连续举办了多年的南京森林音乐会。今后，我要找机会与裕飞一道重返中山陵音乐台，去感受一下南京森林音乐会的魅力。

赵季平为电视连续剧《水浒传》作曲的《好汉歌》若是用山东腔来唱可能更有味。这首曲子表现了梁山好汉不受世俗束缚的野性之美，热烈奔放的呐喊声极具穿透力。他为电影《1942》创作的《生命的河》让人为之动容。"生命的河，喜乐的河，缓缓地流进我的心窝……"缥缈悠长的歌声与影片之悲情相得益彰。这首歌的演唱者姚贝娜已离开人世，如今听这首歌，其动人的旋律、诗意之美，如天上飘来。

在中央电视台《经典咏流传》中，赵麟父女演绎王维的诗《使至塞上》，诠释了"大漠孤烟直，长河落日圆"的古风之美。曲调轻柔舒缓，意境古朴，赵珈婧云干净清透的声音，加上童声伴唱的纯粹悠扬，给听者返璞归真之感。赵麟为赵季平之子，如今是国内众多青年作曲家中的佼佼者。《人间四月天》中的《背影》就是赵麟作曲的。他是北京冬奥会开幕式的音乐总监。

听赵季平父子的古风音乐，就像细品茶韵，曲调唯美、意境深远。赵季平为《笑傲江湖》《天龙八部》《大话西游》创作的音乐，有的豪情万丈，有的柔肠百转，更有独钓寒江雪的苍凉。赵麟为《射雕英雄传》创作的《天地都在我心中》大气、洒脱，很有气势。他创作了以唐玄奘西行为背景的《度》，大提琴与笙的倾情对话，再次让中国音乐登上国际舞台。赵麟的作品被收录在马友友的《Enchantment》专辑中。

赵氏父子在民族音乐的传承与创新上，总是给人耳目一新之感，那是从我们脚下的土地里生长出来的旋律，特别打动人、感染人。

酷爱音乐的穷孩子

维也纳新年音乐会是古典音乐界的一项重要活动。卡拉扬、小泽征尔等指挥家都曾站在这个舞台上。2017年元旦，一位三十六岁的年轻人执棒维也纳新年音乐会。他就是贫民出身的音乐天才古斯塔夫·杜达梅尔。杜达梅尔是维也纳新年音乐会最年轻的指挥家。

出生于贫民窟的杜达梅尔，他的成长得益于委内瑞拉的"音乐救助体系"项目，一个用音乐改变贫困孩子和问题少年命运的培训计划。杜达梅尔说："酷爱音乐的孩子，都不会被辜负。即使你现在一无所有。"他的这句话让我想起了毛姆的小说《月亮与六便士》。月亮代表的是梦想，六便士则是现实与卑微。对于贫民窟的孩子来说，一缕希望之光，便能点亮他们的追梦人生。杜达梅尔说："不是住在贫民窟就什么都不是，就该什么都没有。"

巴拉圭也有一个贫民窟，贫困的环境、教育的缺失，让许多孩子挣扎在犯罪的边缘。他们靠拾捡垃圾维持生活。

一个叫法比奥的环保工程师来此开展垃圾处置工作，他的到来改变了这些孩子的生活。法比奥酷爱音乐，从小就喜欢弹琴唱歌。当看到这里的孩子经常打架斗殴，甚至走上歧路时，他便尝试着将音乐的美好带进孩子的心中。于是，他决定组建一支乐队。

这位工程师在众人的帮助下，从堆积成山的废弃物中寻找材料，他们用塑料、金属、木材等制作各种乐器。经过一段时间的努力，孩子终于拥有了自己心爱的乐器，有了自己的乐队。法比奥将其称为"再生"乐队。

让贫民窟的孩子发现自身的价值，是这位环保工程师的目的。法比奥请一位曾给教堂唱诗班当过指挥的志愿者教授孩子乐理知识，渐渐地，这个"再生"乐队被外界所知。

这些从犯罪、毒品、黑帮边缘挣扎重生的孩子演奏出的音乐十分清澈纯净。他们的心中，不只有贫穷，还有温暖和美好的期盼。他们被邀请到维也纳金色大厅进行演奏，人们用掌声感谢这些来自贫民窟的孩子。这些成为环境友好大使的孩子给世界带来了感动，他们用巡回演出获得的报酬帮助失学儿童，让贫困的社区有了自己的学校。如今，回收垃圾、参加演出就是这些孩子的生活。

有人生来富贵，有人则完全相反。每个人都在用自己的方式努力地生活着。音乐没有高低贵贱。当今的媒体在报道贺绿汀时，都会说出其一大串享誉国内外的音乐作品。但除了这些，许多人或许并不知道他出生于一个贫苦的农民家庭。

贺绿汀从小就受到当地民歌的熏陶，对口耳相传的乡土音乐产生了兴趣。这位在山村放牛、捉泥鳅的农家孩子，喜欢摆弄二胡、唢呐和笛子。贺绿汀曾在长沙求学，参加过湖南农民运动，并考入何炳麟创办的长沙艺校，从此走上专业的艺术道路。

20世纪30年代的一场钢琴比赛中，他的一曲《牧童短笛》获得了金奖，他也由此被音乐界关注。在聂耳的举荐下，他参加了电影的音乐创作。他用音乐表达了贫民阶层的苦与乐，其中《四季歌》和《天涯歌女》曾风靡上海滩，成为中国电影音乐的经典作品。据说，贺绿汀在临终前说了句："我听见了《天涯歌女》的歌声。"

贺绿汀的《牧童短笛》钢琴曲模仿了竹笛的声音，流畅的旋律宛如牧童骑在牛背上，悠悠地吹着笛子，为我们呈现出一幅恬静淡雅的田园风光。这首曲子既有鲜明的民族特色，又有巴洛克时期复调的韵味，是一首非常精致的钢琴作品，也是中国民族音乐与西方古典音乐完美融合的经典作品。

贺绿汀说："音乐应当是发自内心的声音，是从心中流出来的。作曲家只有自己感动不已，写出来的作品才能感动别人。”这段话用于文学创作亦是如此。

旋律中的西班牙

伊比利亚半岛在中世纪的后半程是被摩尔人征服的。直到卡斯蒂利亚王国和阿拉贡王国联合起来，于1492年收复了格拉纳达，西班牙的光复运动才结束。

当时，摩尔人在格拉纳达建造了一座富丽堂皇的宫殿，名叫"阿尔罕布拉宫"。"阿尔罕布拉"在阿拉伯语中是红色的意思，如今这座红宫已是闻名遐迩的世界文化遗产。

塔雷加的古典吉他名曲《阿尔罕布拉宫的回忆》，采用了轮指技巧，倾诉着西班牙的沧桑历史。在"大珠小珠落玉盘"的旋律中，人们仿佛走进了阿拉伯风格的艺术殿堂。

完成西班牙统一的卡斯蒂利亚女王在同一年资助了哥伦布的大航海探险，让西班牙由此进入海洋第一大国的行列。而如今经济发达的加泰罗尼亚地区，当年是阿拉贡王国的领地。巴塞罗那足球俱乐部的徽章上，黄条与红条交织的标识就是阿拉贡王国时期加泰罗尼亚地区的皇家旗帜。

出生于加泰罗尼亚的作曲家阿尔贝尼兹的钢琴作品《西班牙之歌》的前奏曲，后来被改编为吉他曲《阿斯图里亚斯的传奇》，这是古典吉他中最为著名的独奏曲。阿斯图里亚斯是摩尔人入侵伊比利亚半岛时西班牙贵族势力的最后堡垒，也是西班牙光复运动的"革命根据地"。因此，历代的西班牙王储都会被授予"阿斯图里亚斯亲王"的封号。这首曲子再现了西班牙人历经近八百年不屈不挠的抗争的传奇历史。

圣地亚哥是古典吉他演奏家的聚集地。一代宗师塞戈维亚曾在这里培养出众多的世界级吉他演奏家。世界名曲《阿斯图里亚斯的传奇》就是塞戈维亚改编的。如今在网络上仍能检索到九十三岁高龄的塞戈维亚演奏的古典吉他曲目。

古典吉他在中国起步较晚。改革开放初期，人们对吉他抱有偏见，认为吉他是留长发、穿喇叭裤、戴墨镜、吹口哨的不良青年耍酷的玩意。许多人对吉他的理解就是弹唱。记得当年学吉他时，我还不知道有民谣吉他与古典吉他之分，误打误撞地报了一个古典吉他学习班。那时，在青岛买不到尼龙弦，油印的教材都是一些简单的练习曲。我只能求助于北京的表姐。让我惊喜万分的是，除了尼龙弦，我还收到了陈志古典吉他的教学磁带及《爱的罗曼史》《月光》两首曲谱。

《爱的罗曼史》是法国影片《禁忌的游戏》的配乐插曲。这首曲子其实与爱情没有关系，表达的是战争中，两个孩童对于和平与美好未来的向往之情。"Romance"（浪漫）是音乐的一种浪漫曲式，由于这首曲子的滑音意境唯美，分解和弦透着温情与甜美，故容易让人想到爱情之浪漫。

古典吉他在我国属于小众的冷门学科。其实在弦乐器中，只有古典吉他能够与钢琴一样，表现出完整丰富的和声效果。也因此，钢琴被称为"乐器之王"，古典吉他则被称为"乐器王子"。贝多芬说："古典吉他就是一个小型的管弦乐团。"克莱斯勒则说："这个世界上真正的弦乐演奏家只有两位：卡萨尔斯和塞戈维亚。一个顶尖的古典吉他演奏家必然是一个优秀的音乐家。"

聆听格拉纳多斯的《西班牙舞曲》，那欢快跳动的音符，充满着弗拉门戈风情。被誉为"西班牙的肖邦"的格拉纳多斯曾经对戈雅的油画情有独钟。为此，他创作了著名的钢琴组曲《戈雅之画》，之后又将其改编为同名歌剧。其中的《戈雅之画间奏曲》如今已成为音乐会上经常被演奏的经典名曲。

第一次世界大战期间，格拉纳多斯的歌剧《戈雅之画》在美国纽约大都会歌剧院首次公演并引起轰动。当时的美国总统威尔逊特地邀请格拉纳多斯到白宫举办音乐会。在回国途中，格拉纳多斯所乘邮轮不幸被德国鱼雷潜艇击沉。当格拉纳多斯的妻子在拥挤的救生艇上失足落水时，格拉纳多斯毫不犹豫地跳入大海，拥抱着妻子离开人世。这一幕让人想起了《泰坦尼克号》的场景。此时此刻，格拉纳多斯的心中一定回响着他的钢琴组曲《戈雅之画》的《爱与死：叙事曲》。这是格拉纳多斯的爱之绝唱。

祝你新年快乐

　　每年的维也纳新年音乐会，指挥家都会带领爱乐乐团成员齐声高呼："新年快乐"，可我总是听成"恭喜发财"。最有趣的是，小泽征尔曾经让成员用自己国家的语言献上祝福，而他自己则用中文道一声"新年好"。记忆中的马泽尔也曾两次用中文说"新年好"。这让人感觉非常温暖。

　　由于疫情肆虐，2021 年的维也纳新年音乐会是以无现场观众的方式进行的。当看到穆蒂和音乐家面对空无一人的观众席仍激情满满时，我不禁感慨万千。穆蒂在致辞中说："虽然今天的金色大厅空荡荡的，但是我们在这里要传达的是一种充满信心的信号……"穆蒂是指挥次数最多、时间跨度最长的大师，这是他第六次执棒维也纳新年音乐会。

　　昨晚的巴伦博伊姆说："世界是一个息息相关的命运共同体，希望这场新年音乐会为大家带来希望。"以往的维也纳新年音乐会，指挥家的致辞都很简短，在我的印象中，类似的长致辞还有一次，那是为了纪念印度洋大海啸，马泽尔也说过一段较长的话。

　　小约翰·施特劳斯的《蓝色多瑙河圆舞曲》写于普奥战争，诞生于维也纳遭遇普鲁士围城之时。八十岁高龄的穆蒂在指挥《蓝色多瑙河圆舞曲》时，其情绪与节奏跟往年不同，柔板时听出了一些忧伤，快板中仿佛看到希望，听到喜讯。听这支曲子，我不禁想起诸葛亮坐于城楼，焚香操琴，吓退司马懿十几万大军的场景。

　　苏佩的《诗人与农夫》序曲亦令人印象深刻，铜管奏出的旋律有些阴郁，竖琴带出了诗意的大提琴，在与木管的对话中，抒情的旋律唱出了生命之歌。之后，弦乐拉出强劲的音符诉说着农夫的辛劳与拼搏；而欢快的旋律，仿佛是收获时的喜悦。我觉得演奏这首曲子也是希望通过全世界的共同努力，让疫情早日结束，阴霾早日散去。往年的压轴曲《拉德斯基进行曲》响起时，指挥家会面朝观众，指挥大家随着欢快的节奏一起鼓掌，2021年因现场没有观众反倒显得更为庄重。穆蒂幽默地说道："这是史上最'纯净'的《拉德斯基进行曲》。"

2022年的这场音乐视听盛宴顺利地举行了。金色大厅依旧华灯璀璨、花团锦簇，装扮维也纳新年音乐会的鲜花都是当天从意大利空运过来的。记得2018年演奏《南国玫瑰圆舞曲》时，屏幕中穿插的浪漫之芭蕾舞，舞者飘逸的长裙与剧场的玫瑰花色一致，演奏家的各种特写镜头也与各个声部完全吻合，彰显了维也纳新年音乐会制作的水准与精致。

回顾整场音乐会，总体来讲，选曲上应该是有用意的。《凤凰进行曲》与《凤凰展翅圆舞曲》排在前两位，我认为是在疫情不断的情况下，希望人们能够有凤凰涅槃般不屈不挠的精神和顽强奋斗的坚强意志。

2022年在曲目的选择上还是很讨喜的，《小广告商加洛普》是一首欢快的二拍子乐曲。在2008年新年音乐会上，维也纳爱乐乐团选了老约翰·施特劳斯的《中国人加洛普》，作为献给北京奥运会的礼物，让乐迷非常兴奋。

小约翰·施特劳斯的轻歌剧《蝙蝠》，讲述的是法尔克醉酒之后引发的喜剧故事。《蝙蝠序曲》曾用于动画片《猫和老鼠》中汤姆做指挥的场景，非常有趣。随后的《香槟波尔卡》结束时，现场开了一瓶香槟酒，这是传统的助兴环节，接下去就是演奏《夜晚狂欢者圆舞曲》。正翔昨晚喝了些酒，听着乐手萌萌的歌声与口哨，一定很享受。此外，音乐会演奏的曲子全是奥地利本土作曲家的作品，这是近几年没有的。有三分之一的曲子是首次露面，比较有新意，其中的《小精灵之舞》与《丛林中的仙女波尔卡》充满童趣与浪漫。

总之，2022年的新年音乐会听起来很轻松。曼妙悠扬的圆舞曲与热情奔放的波尔卡进行曲交相辉映，马术表演异彩纷呈。同样是八十岁高龄的巴伦博伊姆，他演绎的《蓝色多瑙河圆舞曲》就舒畅多了，少了去年穆蒂的那份悲壮，让人感受到了春天的希望。金色大厅也终于迎来了观众，虽然还是控制入场人数，二楼也没有对外开放，但有无观众，那种氛围、那种气场的差别可是相当巨大。

2022年伊始，疫情还在持续。这两年的维也纳新年音乐会很特殊，它的意义超出了音乐本身。那些传颂光明、乐观与希望的旋律，能够慰藉心灵，抚平创伤，也一定能够给新的一年带来安宁与祥瑞。感谢两位德高望重的老人，感谢音乐家。

淡淡幽情

正翔在朋友圈晒出的深邃蔚蓝的大海照片十分纯净，让我想起了《蓝色的爱》这首优美的轻音乐。上高一时，同桌告诉我，他的姑妈从香港给他带回了一台三洋牌收录机，邀请我去他家听歌。当听说有邓丽君的磁带时，我二话没说，悄悄地跟随他离开了教室。我曾数次因为听歌而逃学，都被父亲狠狠地训斥了一顿。

那一阵让我迷恋的，除了邓丽君的歌，还有保罗·莫里哀的轻音乐。世界上竟然有如此美妙、动听的音乐。那首《蓝色的爱》，浪漫的旋律就像一抹纯净的蓝，令我着迷。

如今，再听这支曲子，我能够品味出电声音色的老派，那种独有的韵味如同一壶陈年老酒，历久弥香。保罗·莫里哀的《橄榄项链》充满着地中海的浪漫和热情，摇滚的节奏、明快的旋律、灿烂的音色，奏响了一个时代的经典。《爱琴海的珍珠》的旋律游走于通俗与高雅之间，就像一杯鸡尾酒，美轮美奂。

保罗·莫里哀的《碧丽蒂丝》是法国电影《少女情怀总是诗》的主题曲，有着布鲁斯特有的色彩，悠扬的音符空灵缥缈。这首曲子也是20世纪80年代热播的墨西哥电视连续剧《卞卡》的主题音乐，并成为那个时期的经典旋律。《望春风》是流行于20世纪30年代的台湾民谣，保罗·莫里哀独到的编配让旋律温暖、松软，曲境柔美，恰似春风吹过，清新自然。

《Are You Lonesome Tonight》夹杂着一丝忧郁和感伤的蓝调，它的原唱是美国的猫王，不过我更喜欢菲律宾爵士天后珍娜演绎的这首歌。她的嗓音有着亚洲人的细腻，尤其是前奏的那段独白，用情颇深，韵味十足。配器方面也很出彩，清脆的钢琴、深沉的低音提琴、富有弹性的贝斯，既独立又交织，空间感非常丰富。邓丽君、林子祥、张卫健也唱过这首歌。

邓丽君的歌芬芳馥郁，在我收藏的唱片中，《淡淡幽情》这张专辑是我最喜欢的。这张专辑的歌词均选自宋词名篇，流传千年的宋词与现代音乐的曲式相融合，加之邓丽君典雅、温柔、幽幽的歌声，诠释了中国古典文学淡泊、温婉的意境。这张专辑的作曲者个个鼎鼎有名，有刘永昌选自李煜的《独上西楼》，有古月选自秦观的《清夜悠悠》，有翁清溪选自朱淑真的《人约黄昏后》，还有梁弘志选自苏轼的《但愿人长久》，等等。为了再现宋词的优雅之感，这张专辑在配器上下足了功夫，把西洋乐器与民乐丝竹有机地结合起来，将邓丽君甜美的声音衬托得无与伦比。

《淡淡幽情》这张专辑把一腔思古之幽情带到人们面前，几多柔美，几多缱绻。《独上西楼》开场的清唱，瞬间就俘获了听者的耳朵："无言独上西楼，月如钩。寂寞梧桐深院锁清秋。剪不断，理还乱，是离愁。别是一番滋味在心头。"纯净的嗓音，清丽而婉约。

宋词有着千年古韵，是绝美之词，可惜它的曲调已失传。用现代音乐的手法将宋词重新谱曲，在邓丽君的低吟浅唱间，宋词便有了难以言说的柔肠百转。那种欲说还休、或深或浅的愁，在"才下眉头，却上心头"的旋律中，把听者带至那个令人陶醉的遥远年代，让听者尽情地享受古典文化的醇美。

近几年在古诗新唱方面，也出现了一些佳作。例如，哈辉演唱的《君生我未生》就非常有韵味，歌词出自唐代铜官窑瓷器的题诗。这首雅致而凄美的诗非常感人。"君生我未生，我生君已老。君恨我生迟，我恨君生早。"这当中的"恨"其实并非"迟与早"，而是生命中总有那么一段不能陪对方走过的路。苏州枫之声合唱团的《枫桥夜泊》，曲调非常优美，如徐徐的微风，又如空灵的夜莺声，让张继的诗穿过历史的云烟，历久弥新，更臻醇厚。

从小就受到中国传统民歌、小调熏陶的邓丽君，可以熟练地运用传统唱腔，在音乐的传统与现代之间轻松地进行演绎。邓丽君不是学院派的，没有所谓的正统教育背景，但歌唱艺术的真正灵魂，其实来自民间，而不是象牙塔。邓丽君的歌曲已成为永恒的经典，乐坛上也很难再出现第二个邓丽君。

普罗旺斯的浪漫

凡·高笔下的普罗旺斯，总是离不开斑驳的色块、明亮的光影。大块的金黄组合是向日葵的花海，零星点缀的细碎笔触则是画家心中的温情。凡·高说："某种程度上，我就是一朵向日葵。"他的向日葵在烈日下燃烧，鹅黄的色彩热烈而明媚；而杏花、桃花、鸢尾花、玫瑰花在凡·高笔下，也是透亮的、浓郁的，浪漫而富有气息。

凡·高被归为后印象派画家。印象派大师莫奈、雷诺阿强调户外光线的真实感，他们往往会画出转瞬即逝的光影与颜色。凡·高则完全在画他心中的那个世界。他的画无论是星空还是麦田都是温暖的、流动的，充斥着多彩的色调。凡·高的浪漫来自其内心，他说："只要一看到星星，我就开始做梦。"

说起凡·高，我总会想到星空。凡·高笔下的蓝色，明艳而大方，忧郁中带着浪漫，那是他心中的色彩。满天的星星、闪烁的光影赋予了生命的气质，若从这个角度来理解凡·高绘制的画面，倒是具有印象派所要表达的情感。凡·高的夜，比白天还要热烈。

《至爱凡·高》是一部手绘油画的影片。观看此片，可以欣赏凡·高生前的众多作品。透过他的信件，你会发现凡·高不仅是一位画家，还是一位诗人。凡·高说："我画的苹果，果核中的种子在往外钻向开花结果。我画的麦田，麦子正朝着它们最后的成熟，绽放爆裂的努力。我画的太阳，以惊人的速度在旋转，发出骇人的光热巨浪。"他的这些话语让人感受到其浪漫的情怀。

凡·高笔下炽烈的色彩就如同太阳的光芒，在散射中迸发出温暖，照亮了无数人的心灵。影片中的那首《Vincent》非常感人，是美国歌手唐·麦克莱恩在 20 世纪 70 年代创作的。唐·麦克莱恩略带沙哑的嗓音在耳畔低语，迷离的情感与节奏，唱出了凡·高沧桑的人生。

凡·高喜欢躺在麦田上仰望天空，或追逐那彩色的风、绚丽的云。阳光下的麦浪金黄灿烂，这是他最爱的颜色。于是，凡·高笔下的每一个影影绰绰的光影都是他的至爱。最终，凡·高在麦田中结束了自己的生命。

普罗旺斯的浪漫还催生了香奈儿的经典五号香水。在香奈儿的资助下，斯特拉文斯基的《春之祭》这部首演时被视为离经叛道的作品，终于影响了 20 世纪的现代主义音乐。

普罗旺斯的文化从骨子里就有种浪漫的气质。咖啡、红酒，还有夜晚的星空都充满着诱人的气息，就如同凡·高的《夜间的露天咖啡馆》。这种浪漫当然也少不了普罗旺斯的香颂，它可是中世纪风靡一时的法国骑士音乐。到了 19 世纪，拉威尔和德彪西引领了西方的浪漫主义，但真正把法式浪漫推上巅峰的是普罗旺斯的香颂。

中世纪以来，香颂那永恒的风情万种，那慵懒的法式浪漫依然能够唤起人们对普罗旺斯的怀旧之情。可以说，如今的香颂已成为法国社会优雅生活的一种标志，它是法兰西浪漫格调中不可或缺的精神享受。

"香颂"一词来自法语"chanson"，意为世俗歌曲。柔情似水的香颂只和爱情有关。喃喃细语的小资情调，卿卿我我，朦胧甜美。早在 20 世纪 80 年代，充满浪漫情愫的法国香颂就已流行于中国大陆，最知名的就是用夏威夷吉他演奏的《樱桃红和白苹果花》。三十多年前，葛优、梁天主演的电影《顽主》的背景音乐就用了香颂名曲《爱没有理由》。

若是坐在塞纳河左岸的咖啡馆里，沉浸在法国香颂的浪漫情调里，那浓浓的咖啡、芬芳的香颂一定会将你深深地缠绕……

故乡的原风景

二十多年前，我在北京一家音像店内闲逛，店主热情地向我推荐《故宫》专辑。这张专辑里收录的是 NHK 拍摄的纪录片《故宫至宝》的音乐插曲。其中的《故宫的记忆》后来成为国内各大电视台人文类节目中的热播单曲。

《故宫三部曲》由日本的二人组合神思者谱曲，《故宫的记忆》是其中的一首。这首曲子浑厚、凝重，深邃的编钟、错落的鼓点、抑扬交替的弦乐，时而低沉，时而雄浑，时而清澈，时而柔情，仿佛在诉说着中华文明曾经的辉煌与沧桑。我很佩服编曲者对中国文化的理解与感悟。

喜多郎、宗次郎、神思者等人被称为日本新世纪音乐的代表。早在1980 年中日合拍的纪录片《丝绸之路》中，喜多郎就担任了该片的音乐制作人。充满古韵的丝路乐曲曾风靡一时。很多人对这首曲子的记忆，来自那个年代的广播电台。那个时候没有网络，连 CD 都还没有诞生，于我而言，广播电台在音乐的启蒙方面起了重要的作用。但对现在诸多年轻人而言，时下的艺术熏陶渐染，主要还是源于他们个人的喜好，这其实是非常有限的。真不应该弱化传媒平台的传播与教化职责。

每次聆听喜多郎的《丝绸之路》的主题音乐，我都能感受到天地万物间，人之渺小，历史之厚重。富有西域色彩的主旋律悠悠回荡，把人们带到茫茫的戈壁、空灵的驼铃及古道西风瘦马的深远意境之中。喜多郎为电影《宋家皇朝》所作的配乐，是我非常喜欢的一首曲子。该曲以或细腻缠绵或恢宏大气的旋律，娓娓道出宋氏家族的兴与落。喜多郎准确地抓住了主人公最脆弱的那部分情感，让宋氏三姐妹深陷于情感纠葛之中。不过，个人的恩怨情仇在时代的洪流中显得那么微不足道。如今繁华落幕、物是人非，唯有这段音乐带给我们耳朵上的愉悦和心灵上的感悟。

闭上眼睛聆听宗次郎用陶笛吹奏的《故乡的原风景》，我的脑海里浮现的是云海弥漫、雾锁山村、山峦滴翠、流水潺潺的乡野风景。我曾试着在袅袅的陶笛声中阅读川端康成的《伊豆的舞女》，"山间的路氤氲着雾气，衣服被蒙蒙的雨打湿，胸前和双脚本该觉得冷，背后却因为疾步而行被汗湿，更因为难耐的情绪而焦躁。初识爱情在这样年轻的年纪，在这样如梦似幻的山里，就注定这是一场足以铭记但是却不可能结果的感情……"这些文字读起来很有画面感。

伊豆是川端康成笔下诗意的故乡。我对三浦友和、山口百惠主演的电影《伊豆的舞女》的印象颇深。当年的金童玉女把初恋的青涩、朦胧、懵懂的情感演绎得清新唯美。宗次郎的《故乡的原风景》还出现在电视剧《神雕侠侣》中，烘托了杨过心中的乡愁。杨过和小龙女这对旷世恋人分分合合，历经磨难与悲欢离合，最终走到了一起。

进入新世纪，谭盾为电影《卧虎藏龙》所作的配乐，让中国的音乐受世界瞩目。这部电影配乐在第七十三届奥斯卡金像奖评选中荣获最佳原创配乐奖。为此，国际乐坛掀起了一股中国风。在影片的音乐中，大提琴以其低沉厚重的主旋律贯穿作品的始终，细细听来，如泣如诉的音符似乎有二胡的惆怅与凄美，使得这一东方韵味渲染出的爱情主题有了中国式的婉约与伤感。

鲁迅说："只有民族的，才是世界的。"谭盾扎根于中国传统文化，给世界文化艺术带去创新。他为电影《卧虎藏龙》创作的配乐，以中国传统音乐文化为根基，融合了西方古典音乐的作曲技法、曲式结构，让中国的音乐走上了国际舞台，也让我们感受到民族音乐蓬勃的生命力。这是非常了不起的。

维特之恋

　　我和女儿曾一起参加题为"走进内心的浪漫主义"的音乐沙龙。音乐厅播放着霍洛维茨晚年时演绎舒曼的《梦幻曲》的视频，片中的老人弹奏出的音符，舒缓柔情、静谧甜美，充满着浓浓的怀旧气息，现场听众或沉浸在对童年美好的回忆中，或感动于舒曼与克拉拉的情深意笃，或浮想于勃拉姆斯"少年维特"的情愫，这些追忆让听众感怀不已。

　　音乐是情感的载体，不同的人对旋律的理解不尽相同。重要的是静下心来，跟着音乐起伏，用心去感知，让思绪翱翔。当你闭目聆听，当你忘了自己，当音乐拨动了你的心弦，那时的旋律更像是一朵云彩，萦绕在身边。此刻，你便回到了心灵的家园。

　　勃拉姆斯《降 B 大调弦乐六重奏》是一部关于爱之追忆的作品。其中的第二乐章是献给克拉拉的。音符划开之后，旋律在变奏中向前推进，随着情绪的攀升，低沉的大提琴流露出一丝隐痛。音色透亮的小提琴持续向上模进，激荡出内心的情感，将思绪推向高潮。跌宕起伏的弦乐始终交织着激情、酸楚、深沉和伤感，在真挚缱绻中倾诉着绵延不绝的深情。

　　欧洲浪漫主义时期最唯美的恋情，就在舒曼和妻子克拉拉，以及勃拉姆斯三人之间。他们之间的关系，就如同梁思成、林徽因与金岳霖的"君子三人行"。勃拉姆斯终生未婚，金岳霖亦为了林徽因独身一辈子。

　　舒曼在《桃金娘》的歌曲集里描写了他和克拉拉"诗与花的生活"。勃拉姆斯曾说："我最美好的旋律都来自克拉拉。"舒曼病重期间，勃拉姆斯帮助克拉克渡过了最艰难的日子。舒曼病故后，勃拉姆斯离开了克拉拉，并不遗余力地支持克拉拉的巡回演出，二人保持了长达三十多年的两地书，维持着无关恋情的鱼雁传书。

克拉拉去世时，勃拉姆斯伤心不已，在赶往葬礼的途中，他因神情恍惚乘错了火车。过了一年，勃拉姆斯也离开了人世，留给人世间化蝶般的传奇。他的柏拉图式的恋情让人唏嘘感叹。

也许对勃拉姆斯而言，爱一个人并不需要拥有，只要能够帮助她、支持她，便能带来内心上的喜悦。这是一份孤独的爱与坚守，是疲惫时也会坚持下去，并为之努力的情感追求。亦如玛格丽特·杜拉斯所言："爱之于我，不是肌肤之亲，它是一种不死的欲望，是疲惫生活中的英雄梦想。"

勃拉姆斯的《c小调钢琴四重奏》是埋藏在他在心底的情感历程。离开克拉拉时，他便开始创作，耗时二十多年才完成，其间多次修改。他用音乐诠释了那一段淡淡的而又隽永的感情。

这部作品曾被勃拉姆斯称为"维特四重奏"。他借喻《少年维特之烦恼》，认为自己就是书中的维特，克拉拉就如同绿蒂，而这一难以言说的爱，成了浪漫主义时期最圣洁的旋律。

《c小调钢琴四重奏》这部作品情感丰富，既有凄美忧郁的基调，又有缱绻缠绵的柔情，更有典雅透亮的张力，尤其是大提琴的旋律，细腻唯美，飘然而起的情感律动，正是勃拉姆斯对克拉拉的爱之心弦，如勃拉姆斯所言，"我最美好的旋律，都是来自克拉拉"。

爱是生命中永恒的主题。今天是5月20日，在这个充满爱的日子里，让我们一起聆听一百多年前那段历经岁月的洗礼，沉淀出的浓浓恋情吧。

后　记

　　我喜好音乐或许是与生俱来的。孩童时，我似乎对音乐很敏感，喜欢亲近音乐、感受音乐。"文革"初期，我生活在外婆身边。有一年冬至吃汤圆，听到广播里播放的《十送红军》，我便有一种莫名的亲切感，那时我才四岁，但记忆深刻。

　　上小学时，我是学校合唱队的一名成员。每当哼唱优美的和声，我都有一种陶醉感。我很想学一门乐器，时常幻想着能拥有一台手风琴。父亲却希望我能够把书法练好，每天给我布置一大堆书法作业，而我总是敷衍了事。我将兴趣转移到绘画上，常常跑到街上看美工绘制宣传画，从素描到水彩再到水粉，都是自己瞎琢磨，不过也小有成绩。我能够绘出较为逼真的马恩列斯及鲁迅的肖像画，而母亲也常常将我的"大作"张贴在她的办公室，我能感受到她的那份自豪感。

　　大约是小学五年级，我的一篇作文得到了老师的表扬。有一回老师还在课堂上念了我的另一篇作文，夸了我一通，这让我觉得自己似乎会写一点东西，便开始偏了科。不过，那个年代有句顺口溜："学好数理化，走遍天下都不怕。"也因此，我最终还是顺应潮流，考取了工科大学。

　　虽读工科，我却文心不改。我喜欢阅读，享受着书中的精彩，领略书中的韵味。读到入心时，自己会提笔写上一段，不过从未与人分享，总觉得拿不出手，便独自看着、品着、读着。

　　余光中先生说："散文是一个妻子，妻子的任务很杂，一会儿到厨房去，一会儿要管孩子。"我的文章没有主题，就如同先生之比喻，类别较多，比较杂乱。我常常沉浸在自己的精神世界里，回忆过往的点点滴滴，写自己的生活、自己的心情、自己的心灵感悟。我在《火车》一文中写道："人生就如同旅途，这一程，会经历许多的事，会遇到许多的人。遇见了，就是缘分，有的人会中途下车，有的人还会与你一路相伴。分别时，互相说一声'再见'，道一声'珍重'。"我喜欢追忆沿途的风景，留恋途中的履迹，欣赏生命中的剪影。

我时常念着儿时的蓝天白云、青山绿水、袅袅炊烟、阵阵蛙鸣。有时也会想起我的小伙伴。阿根廷诗人博尔赫斯说："我写作，是为了光阴的流逝使我安心。"写作，是一场心灵之旅，是内心的一种需求。通过写作，我享受着生活中的乐趣，安放自己的那颗平静的心。

我喜欢随心绽放的文字，喜欢纯粹的美。我感动于生命中的温暖，陶醉于美妙的音乐世界。我的笔端总能遇见音乐，有时只有音乐能够诠释我内心的情感。我崇尚自然，写真诚，写善良。我喜欢游走于文字与音乐之间，心随自然，无论是喜是悲，都是过往的人生。我知道我写得并不好，也知道好的文章应当让读者感动。虽然我也用真情实感来抒发胸臆，用"情"来增添亮度与色彩，但要真正让自己的文字灵动起来，我还需努力。

我有时在想，人这一辈子的性格可能是上天安排好的。有的人喜欢热闹，有的人喜欢清静，而我属于后者，只能宅在家里，过着简单的生活。尽管没有什么出息，却与文艺有了交集。虽然她并不怎么待见我，可我总是一往情深，就像一位愚钝的痴情人，孜孜以求。每当触摸琴键，每当旋律从指间流出，每当读一本好书，我便感受到了生活的美好与惬意。

2019年秋，正翔同学专程来三明看望我。久别重逢让我格外激动。同学之情让我感慨万千。于是，我便将几篇感时之作发至同学群里，引起了大家的共鸣。像是遇到了知音，我有了倾诉的对象。这几年，我将自己的所思所想不断地写出来，在机织的"窝窝"里"发表"，而同学们的鼓励更是我持续写下去的动力。

《心香一瓣》中的大部分文章是在陪伴妻子的日子里写的，她是我的第一位读者。书里写了自己曾经习惯了的人、习惯了的事，正如我习惯性地将文章第一时间分享给妻子。而如今，我却要去适应种种的不习惯。晏子云："衣莫若新，人莫若故。"过去的一年，我已经足够坚强，能够写下心中的思念，能够在追忆中将点点滴滴的思绪、将过往的眷恋织成一圈年轮。

2022 年初，正翔同学提议将我这几年的文章结集出版，为此我诚惶诚恐，这是我从来没有想过的事情，而同学们的赞同声更让我惭愧不已。衷心感谢正翔同学、晓池同学、永建同学为这本书的出版付出的心血，感谢同学们的大力支持。温暖的"窝窝"让文艺的痴情郎收获了属于自己的爱。散文家金翠华教授曾是母校的语文老师，已是耄耋之年的金老不嫌我的拙作浅薄，欣然命笔为本书作序，让我尤为感动。惶愧之余，我唯有更加勤勉，才能真正拿出像模像样的文章来。最后，还要感谢海大编辑部的老师对本书的出版给予的指导与帮助。

记得母校的校名牌匾是舒同先生题写的，我父亲很喜欢他的书法，因此，封面的书名就请父亲用舒同体书写，想来也还是很有纪念意义的。

由于本人的学识水平有限，书中疏漏乃至谬误之处敬请读者批评指正。

余　骥
2022 年 7 月